Lisandro Alba (o la vida del no-muerto)

Autor: Raúl Mendoza Mandujano

Índice

I

Advertencia:

Sin huellas redundaría. Moretón hallado, colmillos sin afilar: fruto del cine o ilusión moderna. Quimera, *bípedo sin plumas,* surcó aires milenios atrás, inmortal, carne sin huesos, morirá mil veces, perpetua calma.

Conocí… imitación humana, opositor. Desconozco si era, lo aseguraría. Su talante cadavérico, lívido e irónico, atroz, muestra de perenne vigilia, descollado por mueca exagerándose, comprobó el rasgo imposible: tez anónima, producto del embalsamamiento, rigor que vuelve al cuerpo ferroso, sin talante, fragancia podrida, infecta. Recrear más a fondo la imagen de quien tuve el infortunio, necesitaría otra cosa fuera del ambiente racional.

Lo vi una tarde que agonizaba, era crepuscular, tanto que matizó de negro el cielo. Parecía claroscuro: levita ennegrecida hasta sus rodillas y camisa gris bajo el tiro. La sombra de piernas desgarbadas, arqueándose por bombacho del mismo tono que el resto del atuendo, pasó por encima de la casa. Intenté buscar el semblante. Lo escondía tras sombrero tipo homburg, inclinado, que dejaba sus pómulos en tierra, al ocultarse de estrellas indiscretas. Su nariz aguileña y labios caídos escurrían salvia en azulejo cósmico.

Aparentó antorcha humana. Herví ante calor que dejaba al pasar. Era flama azul sin apagarme. Una sonrisa tetánica, que torció la mitad de su rostro, mostraría dientes amarillentos, empequeñeciéndose al límite de lo posible, incrustados sobre encías de sangre coagulada que lloviznaban centellas. Mi madre balbuceó nombre y ocupación del ígneo comensal. Olor a cartón quemado inundaba el recinto. Palmearía con suavidad mi cabeza, sus dedos con ritmo inentendible achicharraron mi frente. Podía exprimirla de así necesitarlo: <<Santa María madre de Dios, ruega por nosotros los pecadores ahora y en la hora de nuestra muerte, amén>>. Él susurró: << ¡Niño, tened sosiego!>>. Quedé absorto.

Era forma alargada movida por otra voluntad. Hilos invisibles, el aire de la noche, lo guiaban desde el techo. Recibí empellones de la criada para que dejase pasar su brisa. Goteó, por accidente, canela hirviendo en mi playera. Tan fuera de lugar estuve que ordenaron fuese tras la sombra de dos mezquites. Mis brazos aceitosos irritaron el picaporte de la puerta al intentar, fatídicamente, abrir. Cargué toda clase de juguetes en una caja de aceites. Iban luchadores sin máscara y monos de peluche recién torturados entre piezas de ajedrez incompleto. Todos ellos se resbalaban ante mi tacto impreciso — pensó por sí solo—. Acomodé en ring de boxeo de madera, a la pareja de rudos y técnicos de moda, sobre un hormiguero, que representaría al público enardecido ante tan aburrida gresca. Insectos, presa del ardid, asaltaron el cuadrilátero y a mis manos, ocasionándoles tal dolor que imaginé en la forma de los luchadores el aspecto de... Pronto fui manchas rojas, advertencia, llegada de espectadores hartos por resultado de la lucha: rompían huesos y asaltaban cada poro como venganza.

Mi padre desde el porche, motivado por su visita, hizo señas para que me acercara. El ardor era tal que demoré unos minutos en reponerme y eliminar a esa avanzada que trocó mis rodillas en guantes de box. La mesa fue servida junto al patio. Ellos desearon que el canto de lechuzas salido de inmensa jaula y la brisa nocturna, sirviesen de atractivo a tan distinguido hombre. Absortos por modales jamás vistos (usaba cuchillo, tenedor y acompañaba cada bocado con sorbos de vino, tosidos), asintieron ridículamente ante sus comentarios. Le acercarían con sonrisas licor en un vaso de madera, directo de la barrica. Como entremés hablaron del precio y cantidad de algo irrelevante. Puso extremo detalle en sus palabras para no contradecir afirmaciones descabelladas que lanzó su anfitrión: beneficios, pureza del vino. Lo registraba de pies a cabeza para observar con discreto esmero juventud, talla: igual que matarife valoraba lo que llevaría al degolladero para cortarle de un tajo el pescuezo.

Como postre hubo dulce de calabaza con manzana. Me obligaron a engullirlo (jamás estuve acostumbrado a tal golosina). Les serví de ejemplo cuando declamé el rosario mecánicamente. Subrayaría aspectos ridículos, con tono de voz severa, que desentendí: la virginidad de María y el Misterio de la Santísima Trinidad. Él puso escasa atención en tal letanía y mucha en la extravagante dulzura del postre. Lo devoró extasiado al pulir sus dientes con azúcar quemada. Cautivado por el recibimiento, habló. Sus manos huesudas se postraron en la levita para liberarla de boronas y hebras de carne. Los oyentes, que aún no terminaban de comer, aceleraron masticaciones. Oirían atónitos el soliloquio de una dicción tan pródiga. Empezó con breves alegatos, grandilocuentes disculpas por introducirse sin previo aviso y evadir lo que la etiqueta subrayaba: <<Disculpen mi atrevimiento. Tan admirado pude. Este

pueblo recuerda la nítida... patria, ustedes mismos son deudores... fragancias de vuestra casa y el arropamiento, olores, plantíos cálidos de... Tamices, aceite que vuelve a mí, aceitunado y sarraceno y cristiano. Me introduzco: querida señora, venerable criatura, soy hidalgo, apelativo y nombre, Lisandro. Fiel al ingenio y anticuario... gastrónomo de vino, librado del trabajo por... nobleza de mi blasón, trotamundos quijotesco. Alba>>.

La criada, mujer enjuta, que había permanecido en el umbral esperando solicitudes de licor, desacostumbrada al castellano, hablante de otra cosa que jamás entendí, pasaría tanta saliva mientras intentaba comprender lo dicho, que casi se ahoga. Guardó sus manos compulsivamente en el mandil, para disimilar cualquier evidencia que la delatara —ignorancia—. Su rostro alargado, ojeroso, serviría de fondo a una ventana, que dejaba ver el grifo, montón de trastes sucios y brazos callosos tallando una olla enjabonada hasta que, visitante y patrón se levantaron. Ella regresaría encogida de hombros a recoger el botellón vacío. Preguntó si alistaba el cuarto de visitas. Los hombres, tomados del hombro, la obviaron. Se internarían en el sótano, a cuya vera dormitaba la sombra del mezquite que había llenado de formas desconocidas el pasadizo, anuncio de un lugar húmedo, de fermentación, uvas.

Atardecer lluvioso, arcoíris enanizado por nubarrones, relámpagos, granizo tocando la puerta. Por ventanal caminos remarcados por llanta fuera de lugar, vapor de agua por toda la calle ante inminente niebla que anochecía. Pareja de faros motorizados taladraba oscuridades. Brillaron por momentos alcantarillas recién destapadas. Huella perruna marcarían el fango creciendo del suelo.

Mi madre destruyó taciturno entorno. Con voz imperativa ordenó dormir. Acaté el mandato. Su pelo brilloso movido entre penumbras sofocó la casa: << ¿Por qué no prendes la luz? ¿Me vas a desobedecer?>>. Vociferó órdenes entre los habitantes. Injuriaría a la criada por haber encendido la televisión, a mí por mirar fuera de la casa: << ¡Pendejos! ¡Me repatean! ¡Adivinen mi pensamiento!>>. La cama me devoró. Escupí para que le diera asco. Oídos cerrados, voz decayendo entre maldiciones.

Golpes en la puerta, estremecimientos que sobrevienen tras una pesadilla. Latidos del corazón martilleaban las cienes. Giraría llave. Mano fría, helada, quitó mis uñas de su manga y retiró el pasador. En umbral un hombre sin camisa, tiritando de frío. Pareció vagabundo que hubiese dormido a los pies de la tormenta y desesperado por su condición, tocase en la casa más inmediata, desconocida, para exigir no más indigencia. Sus labios escurrieron hilo de sangre y los ojos enrojecidos, sin luz, emanaban vacío. La escandalosa presencia irrumpió, con nuestra ayuda, en el vestíbulo. Dejó humedad sobre piso inflamado que rechinaba. Había perdido las mejillas. Su nueva forma era irrealizable, estómago hundido y costillas saltonas. Dijo: << Archiva... poco>>. Esparció un fajo de billetes mojados del pantalón, que aún escurría sudor revuelto con agua de lluvia y pidió que lo enterraran decentemente. Fue rumbo a la alcoba. Demandaba agua caliente. Mi madre prendería el boiler: << ¿eh? ¡No! ¿baño?>>. Tocó mis cabellos. Sonrisa forzada para que fuera a dormir. Obedecí. Al arrullarme por el golpeteo de la regadera en perpetua calma descendí hasta Morfeo.

Cerré los ojos. Deformaría misterioso talante de Lisandro... Refulgió insolente fortaleza medieval, clausurada por sus habitantes, señal de horda, espectros claroscuros, provenientes de Galeote español, que, anclado en penumbras, tentaba con popa el astillero: en atalaya la imagen de Alba, dibujándose sobre lienzo, sería efigie, banderín perenne, tutor de la fortaleza, capaz de arrancar el valor a sus contrarios. Carcomida de a poco, agujeros y ceniza le preparaban su final. El canto del gallo era su última morada. Heridas infringidas por sonoridades malditas fueron atravesadas por blasón del prócer. Lleno de bríos regresaba, en manos de la asta, sobre yelmos manchados de sangre y grasa, al interior del fortín, para reorganizar caterva de sobrevivientes. Preparaban rendición al envolverle. Lisandro arremangado en un rollo serviría de lanza, hasta que la ciudadela escarnecida lo trocaba en antorcha, para morir en brazos de brea del nuevo señor...

Escucharía suspiro hondo, casi lamento, proveniente de habitación contigua. Borró mis lagañas y toda forma del ensueño. Indagué origen de tan deleznables quejidos. Vi a mi padre recostado en cama, sin cobijarse, semidesnudo, crepitante. Retortijones invadían cada rincón de su cuerpo. En posición fetal hablaba del frenético canto del grillo. Yo también le oí: escondido en los zapatos o entre la ropa, mantendría su consonancia a pesar de que un hombre expiraba. Hablar se le complicó. Regurgitaba, por labios temblorosos, volviéndose invisibles, bocanada amarillenta con trozos de manzana. Escuché la voz de mi madre por la antecámara. Dejó entreabierto el zaguán. Ventisca se filtraba por la casa: un portazo. Ojos en blanco del agónico intuían presencia de alguien. Pasos cortos retumbaron cada vez más cerca.

Hombrecillo regordete (médico vecino) apareció y con velocidad increíble pese a sus piernas cortas entró al cuarto. Exploraba cada ángulo de su nuevo paciente: cadavérico sin potencia en las extremidades. Revisaría pupilas y coloración de uñas. Puso especial atención en dedos amoratados de los pies. Talló mentón del enfermo: falta de sangre. Al mismo tiempo rascaba, extrañado, su pronunciada barba. Preguntaría a mi madre: << ¿Su esposo es fumador, tuberculoso o cero positivo?>>. Ella palideció, conocía resultado, implicaciones de cualquier afirmación. No supo responder. Sus ojos vidriosos aceptaron trasladarlo al hospital. Los síntomas que tuvo mi padre eran pérdida interminable de fluidos corporales y corazón que tosía. El facultativo revisó cobertores, piso y clóset en búsqueda de sangre. No encontró pruebas. Trataba de interrogar a un ser casi inconsciente: << ¡Ha evacuado!>>. Obtuvo pobre respuesta: << ¿La flaca? >>. Revisó bajo la cama. Encontraría bacinica llena de orines rancios. Pidió calma y pasarle al moribundo varias transfusiones masivas de plasma.

Al borde del sillón imaginé que era jalado al piso, como si funda y cojín se transfiguraran en poderoso imán, para llevarme al magma incandescente del centro de la tierra. Mantuve el aliento firme, deseaba que el golpeteo de zapatos, que iba y venía por todas partes terminara. La puerta quedó abierta, impregnada de luces hirviendo e insectos voraces sobre mi piel. Voces que ocultaban su cara en lugares oscuros, yendo de un lado al otro, dijeron que la abuela estaba por llegar. Saldrían con muñón fetal de carne sobre camilla. A penas vivía y su forma semejaba la de momia parlante. Lanzó vituperios a un desconocido, efigie revelada por su condición, alucinaciones. Mi madre subió a la ambulancia vestida con sus mejores galas. Tenía que estar presentable: puso rubor en sus mejillas y su cabello húmedo fue ataviado por diadema oscura que lo detuvo atrás de la frente. Ruido de motores, sirena alejándose, terminaron con una noche indecible. Volvería la normalidad frente al televisor, donde se anunciaban discos compactos, música pretérita, más de diez años de vinil…

Ella sobre colchoneta vieja que acomodó en la alfombra. Arrugas terrosas, de mucho polvo, excavaron su rostro. El sol recién ingresaba por tragaluz apostado junto a la cocina. Hizo despertar sus ojos grisáceos que a penas veían, sin proferir el menor ruido. Incertidumbre anudó mi estómago. Sentí contracciones que subían y bajaban por todo el vientre: las tuve mi vida entera.

Sus manos se esparcieron desde cuerpo torcido. Intentó detener sudor al taparme la cara.

Fui a enjuagarme. El agua del grifo era fría y delicada. Recosté la cabeza en lavabo, dejaría que mis orejas se inundaran. Por un rato olvidé gravedad de acontecimientos. Divisaba breve recorrido de hormigas que transitaron por orilla de bañera. Las perdoné. Antes hubieran sido quemadas con cerillo.

Me detuve frente a la alcoba. Estaba a media luz, casi sin descorrer persianas. Noté vaso con agua encima del taburete. ¿Lo acomodaría mi padre antes de...? Interrumpió con voz cansada desde un bastón que terminaba en punta: <<Buenos días, hijo>>. Vi su impertinente efigie al borde del pasillo. Ordenó alistarme para tomar las últimas clases de escuela. Busqué zapatos de charol, pantalón rallado y camisa blanca. Velozmente quedé listo. Fui al tocador, necesitaba peinarme. Abriría con sumo esmero la puerta del cuarto. Reconsideré algunos signos que, a primera visita, minutos antes, no pude detectar: cama trastornada, jergón en piso y almohadas raídas con marcas de dientes. Moví uno de los cabezales. ¡Ahí estaba gran mancha, vívida, desasida de superficie, mezcla de sangre y espumarajos, negreaba a mitad del colchón! Amasaría cobija sobre tal hallazgo.

Devoré inmenso licuado de chocolate y plátano que sobresalió de la mesa llena de boronas y cáscaras de naranja. El fregadero con de trastos sucios, invadidos por grasa seca, contrastaba con trapeador que la abuela usaría como bastón. Bebí té de manzanilla. Solicité merced para lavarme los dientes (¡lo grotesco, de esa, la mancha atroz!). Enjuagaba mi dentadura con bicarbonato de sodio cuando volví. Jalé la frazada que yo mismo puse. La imperfección sangrienta era leve punto imperceptible.

No pude estudiar a fondo tal digresión ni razonar el inverosímil pasaje. Era como si hubiese participado de otras dimensiones, mezclándose serenidad y desasosiego, calma o incertidumbre. Aún estaba en la escuela, otros se entretenían con ligerezas. Rehuí comentarios del profesor al olvidar perezosas lecciones de matemáticas que desaparecieron en márgenes de cuaderno a doble ralla, gobernados por dibujos de penes y vaginas mal logradas. El tiempo reveló su indiferencia. Había examen, de ciencias naturales. Lo resolví sin poner cuidado. Diferenciar seres ovíparos de vivíparos poco merecía. El timbre indicó hora de salida. Intercambié palabras con sujeto flácido, entrañable de hojas en blanco y bollos trasnochados. Vi cómo las callejuelas envejecían al utilizarse: grietas en piso, que no estaban ayer y una que otra algarabía de vendedores ambulantes o maratónicas viejecitas que participaban en el templo. Fui por otro rumbo: granja del abuelo, propiedad levantada sobre faldas del monte, signo del último llano antes de terrenos escarpados y coyotes. Caminé media hora entre cultivos de maíz, papa, hortalizas y fresas, antes de otear el fastuoso enrejado, advertencia de una casa a la vieja usanza, alhóndiga con insuficientes ventanas, cobertizo sin teja con un punto de sangre y mocos cayendo al piso.

Al empujar la barandilla los peones trabajaban duchando vacas y chivos. Olía a queso fresco. Saludaron quitándose el sombrero. Eran vejestorios inservibles, antiguos delincuentes o refugiados políticos indultados hacía tiempo. Ni golpeteo de trinches o sonido del maíz al caer en tierra, redujo cuchicheo incesante entre la extensa finca. Un personaje rollizo que jamás había visto, de bigote abultado y piel morena, le balbucía a otro, mientras apaleaban rastrojo: << Dicen que si la libra vivirá todo puteado>>.

Recorrí pasillo muy amplio, columna vertebral entre habitaciones, comedor, sala y vestíbulo. Por paredes bajaban gotas de agua, rayos de sol. Radio, acomodado sobre mesa de servicio, animaba, pese a estática, ambiente lúgubre, donde aparecieron familiares muertos por la picadura del alacrán o en riñas: <<cayó como hombre, dándole a su vieja; lo enterraron arriba, por su pá >>. Al final mi abuelo, sentado en una silla de madera, tocaba cabeza puntiaguda de pastor alemán, Tubérculo: <<Si le para se hará joto como nosotros. ¿Verdad, pinche perro? ¡Eres bien perro, cara de perro!>>. El perro movía la cola y relamía a su dueño hasta que al viejo le babeaban todos los dedos.

La comida estuvo servida. Merendé con don Valentín, aunque a él le desagradaba. Solo Tubérculo era digno de acompañarlo. Ató pedazo de mantel a su cuello que descolgaría enorme tumor, como piedra entre mentón y torso. Vi a su pantalón verde, fajado hasta la cintura, erigirse hasta mandar con el índice a Tubérculo para que circundase periferias como vigilante. Obedecería sin gruñir, le gustaba sentirse importante. Trotó rumbo al campo, de su figura pintada de negro con amarillo quedó evaporada por herbazales. Llegaba la comida. Para el viejo caldo de pollo. Toda su vejez con esa dieta —reflujo y gastritis crónica—. Creyó, por mucho tiempo, que punzadas en sus entrañas eran pura idea gracias al vetusto remedio, transmitido por sus ancestros: consomé de gallina tierna escoltado por jugo de uva (vino tinto).

Llegaría mi plato desde manos cobrizas irreconocibles. Bistec asado, mal cocido, tortillas de maíz recalentadas, frijoles de la olla que hirvieron por días enteros, rebanadas de jitomate, aguacate, arroz seco por tanto aceite. No supe por dónde comenzar. El abuelo indicó, con movimientos circulares, que debía mezclarlo todo. Se dispuso a contarme una historia. Lo interrumpí. Yo también escribía. Orgulloso, dije que mi campo se apartaba del histórico: relatos de terror, en los que abundan terribles eventualidades, cadáveres que regresan del infierno, turbados por el sueño de juventud e individuos tentados por el diablo. Rio, mostrando unos dientes amarillentos, causados por masticar tabaco. Hurgué en la mochila. Buscaría una libreta pequeña, donde anotaba, sistemáticamente, relatos de mi cabeza. Cruzó las piernas al encender cigarrillo, gozamos, forzadamente, de nuestra mutua compañía.

El timbre produjo abrupta estampida. Ocuparían pasadizo que llevaba a reja principal para resolver tal misterio: luto o cotidianidad. Tubérculo, inconforme ante el desorden humano, se adelantó y mantuvo a fisgones excluidos de la reja. Profería gruñidos contra sombra erguida fuera de casa. Odiaba mensajeros. Aguardó al único que podía tomarlo del cuello y hablarle fuerte. El patriarca controló la situación: << Ábrete perro! >> Tubérculo dejó al languidecido enrejado.

Voz inédita, menguada por cabezas demasiado juntas y mi estatura insignificante: <<sistema circulatorio, vena porta>>, parecía de metal. Me escabullí al sortear marejada de piernas, hasta las faldas del gentío. El sol se postró tras efigie del visitante y produjo su ocultamiento. No pude distinguir facciones del informante. Mi abuelo retiró al bullicio con su brazo decrépito pero firme, quería síntesis del estado del paciente. El emisario, curvo de rodillas, menguó tras sombrero negro, brillante: << Luis Escudero estará bien. Vosotros, regular. Conectado a un suero intravenoso, vivo sufrimiento. Rara enfermedad deprime células T>>.

Al mirarlo a la cara era como si hubiéramos estado por mucho tiempo **ante sol** abrazador y entrásemos, de repente, en cuarto oscuro. Nadie se interesó por su identidad o su disfraz. Llamaron de inmediato a la clínica: línea al cuarto veinticinco. Altavoz resolvería cualquier duda. Contestó, según entendí... Todo había salido bien. Luis a pesar del estado riesgoso con el que llegó al hospital, luego de una visita de su amigo, Don Lisandro y del médico hematólogo, evolucionaría. Dejó el área de urgencias, donde lo creyeron muerto cuando lanzaba bocanadas de sangre: manchó sábanas, toalla y casi explota junto con el carro de paro.

Vencía el coma progresivo, inminente. El abuelo harto del morbo de su estirpe mandó que siguieran, jornaleros e hijos, rastro de paja o heno. Temporada de lluvias se avecinaba.

Cinco días transcurrieron antes que mi padre regresara. Los usé para transcribir historias dictadas por don Valentín. Dormí en cuartucho, invadido por pulgas, con techos elevados y paredes angostas exfoliadas por tanta humedad. Canto del gallo, voz del locutor salida de antiguo radio que portaba el viejo en su hombro izquierdo, me despertaban —ocho de la mañana—. Por las tardes calmé mi nerviosismo con la odisea de aves en gallinero: desenterrarían lombrices soterradas, picoteaban a sus adversarias, para trepar, a las seis de la tarde, a pedestal que les sirvió de alcoba. Dando las nueve toda vida se ausentaría de esas tierras. Aullidos lejanos transmitieron únicos susurros en ambiente. Este ciclo repitiéndose me provocó tranquilidad, la última que tuve…

Regresé a casa sin saber lo que me esperaba. Hombre yermo, meditabundo, que trajeron en hombros era persona distinta. Cenceño, pálido, representaba a un anciano. Su cabeza no tenía cabellos. Lo acomodaron en la sala. Observó el piso, escaleras, como si los desconociera. Sus ojos enrojecidos... Hablaba del chupacabras y otros disparates. Poco a poco recordó su pensamiento al mover sus labios sin emitir frase alguna. Ojos saltones, inmensos y ojeras pronunciadas decayeron, como si se escurrieran por su cara. Me leería los labios para asegurarse de mi silencio absoluto.

II

Advertencia:

Acechaba y revolvía: malévola haz de instante, perpetuidad, amor, desatenciones. Berrido, estratagema, cuerpo, persuasión. Disfrazándose, vesania, indiferente. Del sinsentido razón, argucia, pensamiento-delirio, inexistencia.

Fue despedida, mucama, ella, que arrastraba pie derecho, poliomielitis, desde los cinco, para economizar gastos. Su lugar, debilitado, inservible, lo ocupó mi madre, encargada de silos, fermentación, uva, maguey. Antiguos platos de ternera que escurrían grasa, hueso potente, arroz y frijoles, se redujeron a sémola de trigo, mezclada con atole de avena, habas en conserva, infestadas por gorgojos, tortillas frías, mercadas durante la tarde, cuando remataban papas llenas de tierra. Bebíamos agua de lluvia condensada por monolito, cedazos, antes ornamento. El alumbrado mermó. Focos apagados a las nueve. Televisión, licuadora y radio quedaron sin energía. Vivimos entre penumbra, cerca de misteriosos objetos que se negaban a revelarse sin brillo de luz. Por escapatorias nocturnas al sanitario conocí rigidez, vértices de mesas y jarrones híspidos, a la vera del sillón, que me golpeaban: moretones, cartílago inflamado, cada vez, más. Días enteros, al tallarme panza, que ardía, vitíligo, los ocupé asimilando pobreza, que supuse trajo aquél. Palpar incomodas heridas tumefactas, encalladas sobre mis hombros y piernas, indujeron vigoroso rencor hacia el culpable. Choclos lisos, de suela gastada, malolientes (dedos deformes), al sanarse por preparados herbolarios que suplirían medicamentos en caso de fiebre, soportaron oleadas de calor, dolores de hueso. La última tableta de aspirina era guardada para el convaleciente, quien, sin esfuerzo, regresaría al hospital, para devorar cuenta bancaria, años enteros de ahorro.

Obviaba devolver mi sonrisa forzada. Metía con tal fuerza su enorme pierna rancia entre la puerta, que mi función de lacayo era irrelevante. Casi vomité. Olía a basurero. Sus axilas, como testa de buitre, vencieron cualquier aromatizante: cloro, pinol. Paredes despintadas, humedeciéndose, aumentaban olor a planta carnívora marchita o a cebolla podrida. Era atendido como salvador. Mi madre se limpiaba compulsivamente manos en delantal, como si su piel estuviera más sucia que tan elocuente visita. Movía silla de ixtle hacia único sillón en pie. Jugué con aeroplanos de papel que surcaban el aire caliente del recibidor y planeaban el tufo alcohólico del visitante para estar cerca. Mis labios simularon motores del *F-16*. Un *Mig-29*, venido de mano izquierda, devoraba cola en llamas de su oponente. Bajo pretexto de aeronave caída sobre alfombra, reptaría a la escucha: <<Murió sin un pie, como calavera; cantaba muy bien; de *Rapsodia Bohemia* no entiendo>>.

Insistía en algo al dar pequeños sorbos de té de menta. Casi tomados de mano discutieron en voz baja, como si toda la casa oyera. Si estábamos cerca hablaban sobre clima. Mi madre y yo percibimos temas deportivos mientras limpiábamos ropa llena de hojarasca. Brillaría su cabeza, arriba de nuca (similitudes con frailes que viven encerrados, quejidos en vez de palabras) antes de guardar silencio ante nosotros.

Contribuyó con tenedores y cucharas envueltos por servilletas de tela fina ajedrezada. Su figura escoltaba entremeses de jamón serrano, paella. Lisandro cobraría notoriedad en mi padre, quien lo idealizó como entidad ilustrada, perfecta. Él lo escuchaba atentamente, mordisqueándose befos y repetía, lleno de gozo, durante el sueño, frases inquisitorias sobre minifalda o escote, adornadas con el pretérito perfecto (eco del *nuevo amigo)*. Sus entrevistas fueron extendiéndose hasta que por la tarde era seguro verlo. A las cinco, cuando el sol empezaba a pardear, llegaría para vociferar reseñas, periódico. Pensaron ofrecerle llave.

Su rostro, en ocasiones anémico, otras radiante, hacía mermar o crecer pómulo, labios y frente. En alguna ocasión le inquirieron al respecto. Sorteó el asunto responsabilizando al clima latinoamericano, que desfiguraba su piel, habituada a días gélidos e inviernos boreales. Lo que no pudo evitar fueron otros rumores. Le habían visto entre indigentes que, a cambio de una moneda, pernoctaban con él, al calor de llanta lisa quemándose. También lo relacionaron con lomos caninos, que le besaron la mano y otras partes por una caricia o trozo de pan. Lisandro reducía todo a:<<El dinero prestado, no pagarse. Huele a veladora>>.

Acecharía bajo mesa de centro. Insólitos remedos de animales que brotaban de mis falanges, convertidos en unicornio, centauro, malas copias, diseños sin gracia, multicolores, con deformidad, permitieron a mi padre en genuflexión. Quitaba brozas de plastilina de mis dedos. Pregunté cómo supo de él. La robustez de su cuerpo flaquearía. Sugirió acomodarnos en banca de metal cobrizo llena de suciedad. Observábamos un mezquite ulcerado por aves ruidosas que intentaron anidarlo. Floresta se balanceaba frente a nosotros. Brisa vespertina perdía sus hojas amarillas, manchadas de puntos bermejos. Follaje roído por ácaros descansó en macadán. Utilizaba, el cansado arbusto, silbidos del viento para que laves cesaran de anidarle. Mi padre disimuló sus brazos en bolsas de chaqueta oscura, bovina y recordó necesidad de un espantapájaros. De sus facciones nacía hartura. Parloteaba con desagrado, entrecortando frases:

Tarde, muchachito, caminé … de venida, de puta casa esas… caserío. Pendejeé no trabajara, parara de sembrar pendejadas. Se rio de mí, siempre me faltaron pantalón para trabajar aquí… lo dejé hablando, pinche arruga viviente, hijo de la chingada me respondió putazos. Tu abuelo es pendejo… su cabezota le brillaba, quiere su mayo, le di su lechita. Del camino… ¿Mayo no? Viejo wey. Si a mí ni me quería. Puro chingadazo si se le enfriaba su gorda... Puta de tu abuela. Le aguantaba todo. Todavía llega todo miado. Pinche cerillo…

Su voz y obstinación se apagaron en mi conciencia. Imaginaba al visitante con otra forma. Mi padre se tumbó en hamaca, soportada por dos troncos de sabino. Lanzaría voces al aire, como aullidos, riéndose de polluelos que graznaban sobre copa de árboles (los maldecía). Reverberaban entre sus muy limitadas cogniciones: <<*puta*>>, <<*pendejo*>>, <<*se cagan en su comida*>>. Su respiración inflando camiseta blanca, ajustada por cinturón con hebilla de cabeza de rata al pantalón de vestir, animaría par de brazos entre breña. La cara, otro tiempo jovial, era corteza de árbol lista para quemarse. Cerró los ojos que parecían cuevas por donde salen murciélagos. Dio la hora. Una forma peculiar, repitiéndose, como si tuviera levita para siempre, hizo que mi padre espabilara: << ¡Cuéntale este pendejo!>>:

Las nubes del cielo que atemperaran … ese calor endemoniado, desaparecían, produciendo … un cielo turbio, rollizo. Detuve un … junto a la verja del panteón, tenía que … descansar antes del camino. Recargarme a la… muros inmensos, procuraban … deliciosa, reconfortante. El camino real… Astudillo. Calores destilaron mi camisa. Un pañuelo oloroso, de trapo… bus lanzando humareda. Expulsa … exótico hombre cargando dos o tres maletas… Parecía estar ... Evadieron sus preguntas… casi dobladas, abrigo durante una época calurosa… palidez de hombres aceitunados… al borde de la inanición. Los perros que se esconden … corriendo. No tuvo… estaba, jadeante... sereno, llegada. Llegó conversación…: << Estimado, sus tierras son un infierno, los grumos cálidos que brotan del asfalto alcanzan mi vista y la carbonizan. << ¿Sería tan amable de explicar en qué hostal puedo descansar? >> Automáticamente: << ¿Busca … refugio? Escogió mal. Mesones económicos… >>. Preguntas vinieron … venta de propiedad…. negativamente. Disgustó el comercio… nunca estuve interesado… algún predio. Mi ignorancia… dio media vuelta... Quedé por su …. Hablaba… semejante a ese de... física, repetía orfebre.

Escarabajos tropezaron en sus zapatos. Adiviné gran mirada en mi cabellera. Tenía piernas clavadas en piso, que denostaban leve temblor. Sentí, en cualquier momento, derrumbe, como bloque de granito trocándose en pedazos ante greda. Hizo calor y su boca, llena de caries, no callaba. Modificaría su pensamiento para denostar léxico de mi padre, quien, satisfecho, toleraba castigo, al relamerse labios, a la espera de que, su *amigo*, le acogiera con poderío, en sus hombros, esos que produjeron tanto dolor, cuando paramédicos lo dislocaron para que el brazo abandonara la punta del trapeador durante último síncope:

Un "hombre" cultivado, de familia acomodada, venido a menos, como yo, viajero, proseguí mi gemebundo andar de carne pesada en este pueblo. Intentaba no probar sus rayos de luz posicionándome en la sombra de árboles grotescos que debieron ser podados para alentar su escasa belleza. Él preguntó mi nombre. Me vio de arriba abajo. Fingí cambiar de ruta al dar unos pasos. Me contuvo del talle: << ¿Qué pinche educación?>> Pensé que era un limosnero. Saqué mi billetera. Me interrumpió: << ¡Coma conmigo pinche ojete! >>. Por temor obedecí.

Alba, entorpecido, descubrió mi hallazgo. Era de piel viperina, dejaba carcasa en reuniones con mi padre. Lo volví indeciso, casi tartamudo. Puso énfasis en verbos del pasado. Disfrazaría cada interrupción con nuevo lenguaje de muecas y soplidos. Hincó sus ojos convexos en el mezquite que se balanceaba frente a nosotros: <<No tardaremos… cría>>. Sus cuerdas vocales tosieron sangre, por esfuerzo. Mi padre obedeció. Apoyándose en *Lisandro el puto*, como le llamaba, soltó candado, aldabas y puerta del sótano, incrustada al lado del rosal. El acceso, cubierto de breña, fue limpiado por zapatos puntiagudos, recién manchados de lluvia, de un hombre que aguardaba al sumiso Luis, quien alzó portezuela con sus manos callosas para dejar entrar suave miasma de uvas podridas…

Mi madre, al secarse manos en delantal, limpió arrugas de sus dedos, despellejadas por cloro y sosa cáustica, orientaba sus piernas cubiertas de várices rumbo a la puerta. Pisadas lerdas, agobiadas por ligereza insólita, lo delataron. Desfiló junto a mí sin verme. La esquelética figura intentaría apretar el paso estultamente por pasillo. Arrastró su pierna izquierda. No podía doblar esa rodilla, que, bajo el pantalón oscuro, sin planchar, estaba quieta, como palo. Sus dedos afilados detentaron periódico del tres de octubre. Apretó una foto: glúteos amoratados, tobillo desnudo. No esperó a sumergirse en la bodega: << ¡Buenas! ¡Puta derramada en una vereda, seca! ¡Puta, como si vaciada! >>. Rayaba el piso con sus botines puntiagudos. Le llevé jugo de naranja para irrigar prominente gaznate, con bocio en vez de garganta. Sentado encima, primera gradilla de la escalera, disimulándome tras hoja de la puerta que pendía hacia abajo, escuché: <<Llena de mecos, de manos y pies secos, falta de vida y profanada de vergüenza, le salía, entre las piernas regordetas, puros mecos. Dicen que era muy puta. La desnucaron con un garrote que le sumió lo puta hasta el cerebro >>. Mi padre, que había escuchado indiferente, lanzó gigantesca risotada para intimidar al cizañero. Era la primera vez que resistía opiniones del visitante.   Minimizó la historia, al catalogarla de superflua, pasional y extraviada: <<Siempre se chingan viejas. Otras veces se cojieron a la vecina y nadie dijo nadas>>. Arqueó cejas de búho. Valoraba, tal noticia, como asunto delicado. Sus ojos negros relampaguearon. Subrayó últimos momentos de víctima, quien, pasiva, ignoraría placer del otro, su asesino. Responsabilizó a maniático o feminicida, amante del abuso, sin argucias ni coraje. Al tocarse barbilla jaló su barba arabesca, retorcida. Argumentos y saliva seca casi sobrenatural, creyeron inducir a mi padre un razonamiento lejano de sus posibilidades: << ¿Puedo deciros qué metafísica, supongo, fue? >>. Agregaría formidable: <<Intuyo un bucle, entre tierra y cielo, como la separación de Yahvé, en el Génesis, o la mitad del Yin y Yan, por donde los opuestos se unen>>. Su interlocutor abrió la boca para alcanzarse el mentón con el puño que burbujeaba ira:<< Esa pinche cosas no hay, era piruja. Negro en la noche y blanco el pinche techo. Ni el puto gato negro con blanco está en dos partes. Es joto >>. Desagradó al murmurador, quien, al inclinarse a discusión tan irrelevante, fue ridiculizado por léxico tan cruel, que redujo todo hacia lo masculino sobre <<las viejas>>. Avivó su hipótesis mientras se refugiaba en cigarros mentolados. Encendería uno tras otro al espantar mosquitos aturdidos que abarrotaron el piso. Su aroma paralizó el olor a uva. Fue como si alquitrán irrumpiera: << Era una cría. Ha desaparecido. Quiso ser pintora. Su padre la rescató de un cura que le había sacado el diablo metiéndose en ella. No la han perdonado. Ha muerto junto a un pozo, desnuda, con un cayado en el culo que le salía por la boca. Amanecieron otras así. Brillaban al poniente entre el sol y los tendederos de jamón que la gente salaba. Parecían tubérculos en una brocheta, desgarradas. Las han encerrado a todas en un agujero. La gente dijo que eran aves de mal agüero >>. Mi padre terminó la plática al aclarar que: << Eran putas. Pendejas. Nos lavan trastes. Pura pinche plática. Chingen… >>. Alba dobló el periódico. Secaría sus ojos hundidos de lágrimas que pronto borraron noticia del día, atrapada por ojo indiscreto en papel de cinco centavos. Apagó el último cigarro y metió la envoltura en su levita: <<Podría llevarse una sorpresa el escepticismo que profesáis>>.

Hablaron, resto de la tarde, de temas sin importancia, como edad de barricas, **vino** tinto y bebidas ignotas. Cayó nocturno anonimato. Luna poco hacía intentando dar forma al frío boreal. Firmamento se nutrió de lejanas estelas de luz. Salí de mi escondite. Usaría sombras, árboles como disfraz. Pensé, al recorrer el pasillo y subir escaleras, corroborar perorata del falaz embustero. Dispuse libreta: bocetos mal logrados de mujeres arquetípicas, gran vagina desde pecho hasta entrepierna, idea pura escapándose del lápiz, para escribir interrogantes, sobre lo que no supe. Este cuaderno se convirtió en vestigio inédito de sus ideas, que al decirlas en el pueblo obtenías golpiza o exilio.

Nuca seca como hielo. Mis dientes se apretaron. Poco a poco iba paralizándose garganta, cuello hasta que dedos no pudieron sostener botella de refresco. Desaparecían rodillas, piernas sueltas entre la cama. Como pude, escribí garabatos, combinaciones lingüísticas, palabras con otro significado que el conocido, intentaba... Acoté, con dibujos, su naturaleza, advertencias, peligro de ese, al que supuse infame baldón… Su forma, cuyas líneas eran frases, al margen de la hoja, lo convertían en para siempre. Pronto sentí ventisca, desde glúteos hasta... Hundido en mi frente sucedía, acariciando mi espalda, rígido, inmóvil. Mi cuerpo se apagó, engarrotado, incompleto. Estuaciones, soplos aupados en vientre, convirtieron mis sentidos en bruma…

Abrí. Párpados. Descubrieron. Sepia. Cobijas. Sucias. Lavar. Short. Equipo. Fútbol…

Cubría desnudez. Encarnada. Brazo derecho. Aguja por minúsculo catéter. Suministró. Vía recipiente plástico. Adherido. Tubo de acero. Líquido translúcido. Nutría mis venas.

Corazón latió fuerte. Tambor en pecho. Carne apilada sobre sillón. Tía Luisa. Imagen borrosa. Leía folletos. Trasplantes. Robustez. Cara redonda. Enguijarrada por extinta viruela. Devorando sándwich de crema. Perpetuo suéter gris. Lleno de boronas. Había comido galletas. Tostada. Sonrió: << ¿Te sientes mejor, mijo? >> No supe. Agotamiento impedía. Labios. Alcé cabeza. Piernas. Mano ausente. Terminábamos de romper piñatas. Día. San Antonio. Moverme. Confundido por cansancio. Mareos. Desfallecimiento. Ella siguió esperando. Limpiaba labios rosas con servilleta. Pretendió respuesta imposible.

Pensamientos y congoja se desplazaban al pecho. Latió plática con mi padre No pudo separarse de su aliado: léxico infame, evasión, repetía hamaca, panza inmensa, mirada de cansancio, gorriones sobre árboles lanzando mierda, arroz, caldo de pollo, vasos de plástico, levita recién secada en tendedero. Pulgas que brincaban a la mesa. Dolor relente que no cedía. Cuello fruncido. Palabras al revés: << euq, atse, yum nevoj>>. Eran difíciles esos ojos abiertos que escudriñaban mi cuerpo. Preguntaron si dolía músculo, estómago. Él, inconveniente. Se deslizó como bestia acechante, encaramándose al pasamanos, escalera. Disimulado tras balaustrada superó frontinos, mis aposentos, engaño, canasta de frutas, billete doblado, chequera a mi nombre, barba recién cortada, dolor en rodillas, pantalón de mezclilla, sucio, cerca de mí, sonrisa, dedo entre cabellos.

Costillas hundiéndose sin abdomen. Hormigueo constante. Cabeza. Visión borrosa. Apagada. Mi padre. Hablaría. Noche oscura. Fantasmagórica. Un sujeto. Entrecano. Rodillas jorobadas. Brazos y petequias. Gozaba Menoscabo. Placer. Aturdimiento. Lengua torpe. Agudizaba. Pedí. No molestara. Visitarme. Desgastaría. Ojeras. Profundas. Miraba con ellas. Intenté alzar. Torso. Cayó. Almohadones. Él. Acercaría. Su oreja. Labios moviéndose. Sordos. Musitaba: << ¿Cómo pudo estar en dos lugares a la vez? >>. Olfatee. Aliento dulzón. Agitado. Mejillas. Extravío. Mi. Habitación, Penumbra. Formas. Desconocidas. Remedo. Cama-bulto. Pared-techo. Juntándose. Aparecerían. Cuadrados. Rombos mesa. Elevada. Piso. Esfera. Profundo. Voz. Gorgoteos. Insoportable. Densidad. Pensamientos. Sin mundo. Abandonaría. Palpitante. Corazón. Brotando. Fuera. Tierra. Acalambrado. Sonidos. Olor. Lejano. Flores. Cempasúchil. Dibujada. Puerta. Un par. Ojos. Linterna. Cabezas. Océano. Sin agua…

Oí, dentro, muy dentro, en sueños, a mi padre, rasgándose los brazos. Gemía, gravemente, distendido por imperceptible tartamudeo, que le ayudaba a ganar aire, ecos de cuando me entregaron en sus brazos como luna ardiente, sin poder levantarme. Rapado de ideas y cabeza le miré como primerizo. Mascaba chicle con tal nerviosismo, que, presa del pánico lloriquearía al buscar el pecho, ese que sale de tierra y nutre cielo. Dijo que cada paro cardiaco, le supo a... Dos veces se detuvo mi corazón ante el mismo ritual. Cerraba los ojos (uno entreabierto). Línea recta, verdosa, en pantalla del electrocardiograma. Sonaría alarma, afuera del cuarto. Tacones martilleaban piso. La puerta abriéndose por golpe de un carro de paro. Muchedumbre. Tanque de oxígeno en mis narices. Chupón en pezones. Pensamiento obviándose. Columna vertebral jalada hacia el techo. Escuchaba gritos por la puerta, el pasillo…

Arrugas fueron nariz en bagazo, como de uva pasa. Rostro campo seco, entre surcos. Uno que otro bozo penetró cachetes. Cuello que terminaba palabras con un silbido: << Ave María Purísima, mijo >>, << ¡Apóstata! >>. En mi pequeña nuca sus mocos bendecían lunar bulboso, genético, que tuvo su padre y el padre de su padre. Rodillas torcidas, pelo blanco, consecuencia de oratorio: <<Santa María, ruega por nosotros>>, << ¿Mijo se va a morir? >>. Regresó con botella de alcohol y plantas que produjeron verdosidad en lo etílico. La vaciaría alrededor de mi cama. Con cerillo de madera produjo ignición. Puso estampa de San Cipriano en su lengua. Chilló imprecaciones, falta de pericia moderna, rogándole al médico, que observaba risueño, con una jeringa preparada en mano, que revisase mi cabellera. Anclada ya de la solapa de aquel que no le hizo menor caso, responsabilizó a mi padre del naufragio. Éste reía al ver cómo su falda empezó a quemarse. La llevaron a una silla: << Siéntese señora. Doy abasto con uno. Se me va a tatemar >>. Escuchó con desconfianza: << No sabemos. Las células T. A ver. Se nos enferma de todo. ¿Me entiende? >>. Insatisfecha, fruncía su mentón arrugado y con mano firme, suplicaba al ausente, misericordia: << ¿Mijo va a vivir? >>. . Mi padre intentó apaciguarla, al pedirle que no armase otro escándalo. El bullicio terminó con: <<Tú ni eres mijo, a ti ni te inporta>>. Se lanzaron vituperios, sobre niñez casi olvidada, hurto de juguetes navideños y tremendas golpizas: << ¿Pinchi vieja, pura puta tabla >>, << Te llevaron por delante, ni que fueras el rey de Roma >>, << ¿Un puto carrito cuando nació ese pendejo de las estampitas? >>. Mi padre fue a la ventana, observaba cómo media luna era casi bloqueada por nubarrones. Ella alcanzaría vendimias que ofertaban veladoras, incienso, mercurio para hervirse, amuletos de plomo con formas de… cayados con punta de serpiente.

Convoyaba tijeras. Puntiaguda. Hojas. Óxido. Hierbas. Olor. Tomillo. Ajos. Valeriana. Cebollas. Pirul. Encendería. Hornos. Portátil. Minúsculos. Trozos. Carbón. Alcanfor. Hornilla. Fumarolas. Avivó. Olores. Metal. Pesado. Recovecos. Cuarto. Escuché. Rima. Cantos. Afiló. Cizalla. Guijarro. Pómez. Crucifijo. Chispas. Dios. Lejano. Aroma. Expectorantes. Gordolobo…

Me convirtió en altar. Corona de ajo. Mi cabeza. Hierba de San Juan. Lengua. *En el principio era el verbo*. Mi pensamiento. El apóstol. Consagrado tabernáculo. Enfermeras. Madre de Dios. Ofrenda. Uñas quemándose. Moneda de Sor Juana. Mis ojos. Crujido retumbando. Piel de cobre. Desfilaban. Izquierda. Derecha. Mis costillas. Dolieron.

Tubos pétreos, que, introducidos en garganta, nutrían oxígeno a pulmones, bloquearon la respiración cuando fui sabedor de ella. Golpeaban mis codos, rodillas, con pequeño martillo de goma. Examinarían moretones diluidos. Mis ojos rechinaron de frío. Linterna fluorescente detuvo goteo congelado por lagañas. Párpados en foco…

Mi corazón latía. Prisas. Al subir escaleras. Pierna de atole. Labios resecos. Sabor ferroso. Medicamentos. Moretón en nalga. Agujas perforando músculo. Cama. Almuerzo. Fruta. Jugo. Granola. Repetición infinita. Por ventanal. Música de viento. Con encapuchados que portaron cruz. Estandarte. Bocinas sobre cajuela. Ensayando rezos. Gritaban de noche. Todos dormían. Su aliento dulzón encima de mi cuello. Esparciéndose. Libro abierto. Blancura. Producía voz afónica: *utilizando aceros que recortaron hierba de la casa del que fue invitado, se puede desligar al viviente. Dos hojas filosas, símbolo del corte numérico que atraviesa aire incorpóreo del escenario y que rompe los márgenes del ser, podrían facilitarle vida al espíritu decaído.*

Pude caminar con ayuda de bastón de acero. La punta raspaba el piso mojado hasta dejar talladura. Rodillas engarrotadas se endurecían de madrugada, cuando plenilunio las rebotaban en pared y oscuridad. Cada relieve se volvía posible: marcos, ladrillo, bisagras, picaporte, convertidos en patas de araña, rasuradas por una navaja sin afilar. Sangre escurría por mi vientre desde aguja que nació del ombligo…

Campana en medio del arco que sostiene al edificio, gran boquete entre nido de árboles. Está oxidada. Veo reloj congelándose, tres y media, como si fuera eterno madrugar e inexistente atardecer. Estoy rodeado por cabezas agachadas. Vigilan hojas en blanco, minúsculos párrafos que decrecen por borrones o aumentan su tamaño en marca fluorescente de escritura monótona. Aparecen corazones si es delicada mano quien dibuja o de .45 automáticas si falange rústica convierte la tinta en balas. Ser nervudo enumera números y diagramas que se plasman en pizarrón bordado por su mano temblorosa, que hizo de átomos círculo incompleto, como sol incandescente: amarillo violento que muestra tachadura en mi libreta. Más arriba, en azul, dirección electrónica, destinatario: Q.F. A.S. Clase: *Ciencias Naturales.*

Mechones, pelo rojizo, acarician mi espalda. Siento escozor, lengua metiéndose en la oreja. Sobre mis hombros: << ¿No has escrito nada, bribón? >>. Veo tenue rostro felino, bombardeado por acné y cicatrices bajo las cejas. Es oblicuo, brillante, apaga ese cuerpo que le sostiene, guarecido por suéter negro, cuello de tortuga y falda interminable, cuadriculada, que expide mallones del mismo color, rasgados por arañazos de gato. Susurra mi nombre sin mover labios minúsculos, punteados. Dedo níveo, uñas carcomidas por dientes amontonándose, bien afilados, detiene mi esfuerzo de cerrar la libreta. Alcanzo a ver: Celaso, 21, 456 23 8 59 53...

Formas cansadas arrastraron pies metálicos. Cabizbajas, portaban mochilas que olían a pan mostaza o a frituras con chile. No se oían más que bisbiseos del número *siete*. Le buscaron y nadie lo tenía. Sus manos velludas alzaban papeles marcados con tinta roja. Antes de cruzar el umbral, su barullo aumentó, como, si al dejar ese recinto, todo fuera permitido. Ella miraba confundida retorciendo las cejas hasta volverles media luna sobre sus ojos. Intenté levantarme del pupitre, sin soltarla. Los oídos se me taparon y sopor hizo que decayera, al recargarme sobre pared giratoria, imposible: << ¿Te dio otra vez? >>. No supe qué responder. Sentía lengua arrugada, metida en garganta. Puso mi brazo en su talle. Pidió la acompañase al cubículo de enfermería. Dijo mi palidez, afirmaba conocerme. Fingí cabeza migrañosa. Inventé que había bebido un poco, noche anterior. ¿Cómo supe lo que significaba ingerir alcohol? ¿Qué noche? << Destápate los oídos y cierra la carátula del discman, se te va a perder >>. Sus ojos verdes se cerraron irónicamente. Tomó mi brazo, lo atajó fuerte, celosa de perderlo. Intenté desengancharme, pero sus dedos helados... Me besó con sabor a papas fritas. Pellizqué su ceno, protuberancias entre mis dedos. Otra mano en sus piernas. Sentí dientes en lengua. << ¿Quién soy? >>. Un << No >> pertinaz, gélido, escurriéndoseme. Quejidos mientras tentaba sus nalgas. Alcanzamos pasillo recién trapeado. Estruendo. Campana zumbaba otra vez. Anteojos, camisa de vestir gris, mal planchada y pantalón caqui, dejó ver calcetines agujerados. Hervideros de gente surcaron puertas que se abrían al mismo tiempo. Vocinglería: << ¡Pinche hámster!>> << ¡Puto vive con su má! >> Nos sentamos en jardinera para aguardar turno. Agujero en pared, sin marco, con placa: *Servicios médicos*. Letras negras y fondo amarillo irrumpieron frente a nosotros. Al recostarse sobre mi espalda, habló: << ¿En serio? >> Articulé frases inconexas, automáticas: << Duele cabeza >> << Dame agua >> << Espérate >> << ¿Eres flaca? >>. Brazos níveos encima de mi rodilla. Respondió que durante la velada de ayer le había exigido guardar memorias:

En genuflexión, torcido por espalda baja, implorándole misericordia al Cristo negro, sordo, que guarecía, casa, situado en una de las paredes interiores del garaje, supervisaba visitantes que irrumpían bajo el tinglado. Esa cruz grotesca, labrada hoscamente, con tallones de cuchilla, sucia, astillada por descuido, me recibió hasta que alguien, de los que pagaban el taxi, supo que no podía otra posición que hincado. El villano descansó en la sala. Oí su pérfida voz. Se dio cuenta del barullo, quiso participar. De su cuello rollizo colgaban amuletos, virgen María soportó la muerte de Jesús, cuerpo marcado por clavos y lanzas. Intentó cargarme, pero un berrido tenue, exhalado desde mis últimas fuerzas, hicieron que me abandonara en el piso. Giré la cabeza y vi a doña… marchado con paso firme. Reclamaría la silla de ruedas donde trasladaban a su nieto. Apretujó los mangos de empuje, ganándose un vistazo fiero de mi padre, quien le pediría, descortésmente, abandonar la casa. Sin replicar, ella, mi defensora, ocultó en la bolsa de mi pantalón una especie de bronce arcaico –lo supe por su densidad y tamaño— cubierto por terciopelo rojo. Pedí que se quedara. De sus pestañas grisáceas brotaría su negativa. Frunció la cara, cerró los ojos y pude ver, antes que se retirase, una prominente cicatriz que le dividía la frente…

Mi llegada causó algarabía. Recibí trato especial. Degusté golosinas sin restricción. Chocolate hirviendo, acompañado por bolillos tostados eran refrigerios precursores de comida. Dibujos animados en televisor, mañanas sin colegio, ultimaron serenidad, calma. Tareas domésticas, como levantar del piso juguetes con los que me divertía o apagar la radio para ir a dormir cuando la hora de los clásicos iniciaba, fueron indultadas. El agotamiento crónico poseyó ventajas: dormía tan profundamente que olvidé el grito del gasero a las siete y tumultos, llenos de ruido, acaecidos por el tianguis que se instalaba a escasos metros de la casa. Desenlaces monótonos, series policiacas completaban mis ensoñaciones, trocándolas en peleas internas, animales fantásticos: elefantes sin cabeza y rocines de patas antropomórficas clamaban el sentido litúrgico, moral, del próximo bautismo que se avecinaba…

Lisandro se alejó por su efecto nocivo que empezaba a volverse rumor. Los pueblerinos musitaban, en tertulias y pulquería que el nuevo residente provocó la ruina de una estirpe gloriosa, opulenta. Dichas murmuraciones, según entendí, fueron celadas por viaje urgente, negocios. Alba recalcó a mi padre, quien sollozaría durante su partida, que, legajos bancarios, acciones de una empresa, necesitaban firmarse para su comercialización. Dijo, ante quejas insistentes de su "amigo" del nuevo mundo, que su modo de vivir pendía de la compraventa citada. La tranquilidad invadiría nuestros aposentos. El fox terrier café, vigilante nocturno de cochera, ahora pudo ladrar sin temor a que un flacucho desconocido tratara de acariciarlo. Opuestamente, mi padre, entristecido, se refugiaba en tabloides deportivos, liga de fútbol nacional y crucigramas. Podríamos, dos enfermos, reparar la azotea goteante…

Literatura de viajes, textos erróneos, que narraban mitos fundadores del hecho religioso, llenarían el vacío dejado por merma corporal. Al ocuparme sólo en las tardes de vigilar obras, jardinería, en el área trasera de la casa, me quedaba resto del día para analizar fastuosos tomos de escaso valor cultural. Entre las ideas de gnomos precursores de hombres y ovnis como motivos del proceso civilizatorio, subsistieron imágenes de la abuela, cubeta en mano, unida a trabajos. Recogía triviales piedras que llloviznaban de la calle —arrojadas por niños abyectos divirtiéndose al derribar gatos que caminaron encima de nuestra barda—. Ella ordenaba diariamente a mi padre enterrar cabezas de zanahoria, semillas de jitomate, podar manzano y uva antes que el invierno llegase. Había temor incierto, miseria que ocultada tras el cultivo de la tierra. Esperaron que su fruto mal plantado nos alimentara mientras la falta de Alba no abreviase…

Mi vida era angosta, entre cama y estudios demasiado simples para la intuición. Necesitaba conocer lo que me situó… Mi padre tenía respuestas, ocultas tras su ignorancia y huida de un amigo posiblemente culpable. Días enteros soporté dolores reumáticos en lumbares y nuca para descubrir su horario. Le agradaba recordar veladas con Lisandro al librar de hojarasca el jardín, hasta que los estepicursores se convertían en abono de una tierra estéril donde nada creció. Me acerqué, apoyado en un palo de escoba. El viejo Luis, meditabundo, arañaría la greda con rastrillo, al inspeccionar el estado de semillas de trigo que jamás brotaron. Enloquecido, imaginaba que la maleza era germinado de papas y que las rocas soterradas fueron el prominente fruto. Rechinaría los dientes, silbando una débil L y una A poderosa. Le tomé de la solapa e insistí que relatase los breves pasajes ocurridos tras mi desmayo. Puso sus ojos en tierra, como si ahí estuviera la respuesta. Secó la frente con un pañuelo liberado desde su gaznate flácido. Pidió que interrogase a su esposa. Bajé la mirada. Vi muecas de hastío jamás vistas, presionaban sus labios como si fueran rodillos, le hundían la quijada, como si se la tragase: <<Puto. Acompañado putos. Tu madre pendeja. ¡Puta! Grito te estaba llegando chingada. Unos espíritus putos madrearon. Que no estuviera chingando, gallina cacaraquera. Pendejo. Llamo nos chingaron. Ratas ambulancia…>>…

Me tocaron como si el peso de algo indescriptible cayera. Dedos poderosos sacudían mi camiseta de alpiste salpicado desde jaulas que encerraban pericos que habían sido mercados, contra su voluntad, en la puerta de nuestra casa. Los trajeron envueltos en toalla, sin plumas, murmuraron hambre y ahora, soslayaban todo grano que les era servido. Voz conocida, de mi madre, intervendría. En su rostro, lasitud, cansancio. Del mandil extrajo jarabe, cuchara. Abrí la boca y sentí como un brebaje aceitoso se escurría hasta el estómago: <<Hicieron les dijera. Exigía muchas cosas. Yo sola te veía tirado. Platiqué contigo. Me colgaron. Te vi boca abajo meco...>>.

Un lapicero a punto de caerse y las hojas dobladas del cuaderno debajo de mi faz eran prueba de que podía estar con vida. No supe quien me volteó. Lo más posible es que haya sido Lisandro, quien llegaba antes que todos al dormitorio. Sonido de la ambulancia vibró cerca de la cuadra mientras él abría mi boca escupiéndole aire. Desesperado, presionaba mi pecho, severos golpes, sentí como si una losa uniera mis pezones con la espalda. Pasos subiendo escalera. Hombre y mujer, vestidos iguales, con pantalón azul, zapatos de trabajo y camisa blanca, manchada por una cruz granate, inspeccionaban si pertenecía al mundo. Asearon prontamente mi brazo derecho con solución etílica, clavarían la aguja del suero que me acompañó hasta que... Salieron de la habitación despavoridos, conmigo en camilla. La ambulancia apretó el paso. Me seguían oscilando entre carriles invadidos por el tráfico inexistente, en la camioneta de Lisandro. Manejaba a toda velocidad, siempre la vista del carro de asistencia. Al llegar a la clínica... En sala de urgencias me revivieron. Sentí por las venas algo quemante y en el pecho, levedad. Mi vista se hizo periférica. Ruidos como de podadora. Hablaba lo que no entendía, deseo, execración: << ¡Se me apareció en cualquier parte! >>, << ¿Por qué girasoles en cuarto? >> << ¡Llueve adentro! >>. Los ojos se me pusieron blancos…

Desdeñaba apuntes del médico. Culpó a mi padre de lo sucedido. Regresaría con tijeras enmohecidas, cercanas al verde, putrefacción. Insistió en quedarse sola. Se negaron al suponer charlatanería. Lisandro apadrinaría tal ceremonia: << No hace mal >>. Nadie, más que yo supo razones o sentido del olor a incienso y tomillo que impregnaron paredes del cuarto, cuyo propósito fue aromatizar con alcanfor mi lecho. Alba se mordía los labios, degustaba infame aroma cercano a rosas quemadas y a alcohol encendido…

Reconocí la belleza, dermis nívea como pétalos de margarita. Aliento a carne podrida rebatía sus ojos estilizados por rímel. Era ella. La conocí en... Tenía el mismo uniforme que yo. Observaba pantalones sudados y torsos bloqueando puertas automáticas, a la misma hora, cuando transeúntes abarrotaron pequeños vagones, con olor a sobaco. Quedó junto a mí. Era el único al que no parecía importarme. Los demás estaban sobre sus nalgas regordetas. Cuarentonas sin forma alguna, ataviadas con camiseta floja y pescadores, la juzgaron con envidia. Preguntó una obviedad, estación por todos conocida, sugería acoso callejero, a lo que respondí, sin mínimo interés: << De acuerdo >>. Se avivó para que la acompañara al zoológico en plena carestía, lugar polvoso, gobernado por pelajes crispados y costillas que sobresalieron de lomos blancos que serían trocados en chamarras o botas percudidas. Debimos esperar, otro carril, entre marañas de humanos, quienes, embadurnados por bufanda, lentes oscuros o audífonos en orejas, se estancaron en su falda arriba de la rodilla, cuadriculada, con emblema del colegio que remataba en su pierna izquierda: topo atravesado por una flecha. Me hablaría de su memoria, capaz de recordar pensamientos, execraciones tan antiguas que acreditaba exámenes con su imaginación, al cerrar los ojos.

Ella sabía el monólogo entero de la noche anterior. Sentados en una mesa mal iluminada, plegado a sus pechos incipientes, sin sostén, que acariciaba al mismo tiempo que la botella de vodka cítrico, expliqué las razones de no usar disfraz en esa tertulia de seres peludos, con diente afilado o vestidos arcaicos: hombreras y sombrero de copa. Lamento boliviano y En Algún lugar me indujeron entre sus piernas, vencidas por gracia de mi dedo, pifia que rebelaría algo perdiéndose entre lo onírico y la muerte. Anales de mi vida, intolerables para una mente disoluta, vaporizada, fueron expuestos cuando salimos del antro. Abrí la puerta, para que ella, mi delatora, que se quejaba de escozor, subiera al taxi. La llovizna y nuestra respiración, todavía exacerbada por cocaína y *Red Bull*, empañaron un relato que la horrorizó. Farfullaría, durante horas, incluso al bajar para extendernos sobre el patio de su casa, entre nubarrones y luna morada …

Habló un ser escuálido, pelirrojo, vestido con pantalones ajustados y bata color blanco. Pasaba saliva para reducir su tartamudeo. Entalló su estetoscopio sobre mi camisa. Intentaba, con otra mano, soportar pulso de la muñeca. << Amnesia, el pendejo tiene amnesia>> completó ella. ¡Lo recordaba!…

Escuché que cerraba la trampa subterránea. Su figura rutilante, doblada, me preguntó por mis notas y dibujos que jamás volví a ver…

III

Advertencia

Plantó talante consumido. Su firma mascullaría rigidez. Linaje ancestral. En estirpe hubo miedo deseo y podredumbre. Extravagancia. Tiempo de muerte-recuerdo.

Efigie desapareciendo, frugal. Brotaba en historias imposibles. Halló su doble vivido por otros. Lo descubrí…

Carretera amorfa, pendiente tras barrancos, camión humeante, incómodo. Mañana entera. Lugar que juré no volver a pisar jamás. Callejuelas recién pavimentadas, olor a cemento fresco. Añoraba toparles en pasado, fangosas, madriguera del ratón y garduña. Su antigua realidad evaporada, trocó alimañas en locales que ofrecían pollo envinado o ropa usada. Perifoneo, cambalacheros, refrigerador y horno a cambio de frijol o arroz. Viejecillas, acomodadas en contra esquina, ofrecían reliquias culinarias. Huitlacoche, flor de calabaza, tomillo y mejorana ofuscaban adoquines manchados de inmundicia, pichones taladrando el piso en pesquisa de virutas. Gente obviaría vendimias. Prefirieron pollo empanizado de tienda de comida rápida. Una hielera de tono azul ocupando la banqueta obligaba transeúntes a mirar su contenido para evitar ser aplanados por vehículos despintándose.

Insuficiente casa, ojos de araña mirando sobre pared, fulgurarían por brillo solar. Vidrios percudidos se mostraron sin habitantes. Blandí aldaba y dejé que se precipitase. Resoplaría hueca. Óxido caminaba por mi pulgar. De mirilla sobresalió ojo tras quevedos. Giboso, parpadeaba ojeras, vejez. Tía Luisa cubrió puerta. Brazos débiles, temblor, pliegue, carne bajo ancón. Automáticamente movió cuerpo deformado, artritis. Usaba pantalones de vestir holgados, no más faldas. Bastón, tres conteras, estabilizaba inflamación, piernas. Era anciana. Obvió visita. Evadía preguntas, casa y pueblo. Al refugiarse en jarra de limonada exigió beberla toda. Falanges torcidas colgaron llaves. Tono festivo: <<Nombre, hasta que te apareces>> casi imperceptible, arrancándose, sin fuerza. Sofocado, gracias al rumor, calle, mi cabeza, pedí algo, comer.

Puso mesa de centro, tetera. Huevos revueltos. Cebolla y chile cascabel. Preguntó si todavía endulzaba con miel infusión (tilo). Incienso quemándose encima. Televisor envolvió sala, mi alimento: adornos pasados de moda, fotografías apostadas, incienso, niebla. Levantó pesado, deforme cuerpo. Una de las piernas, más gruesa que otra avanzaría primero. Respondió que jardín, podarlo, esperaba. Le seguí, hasta perder huellas trifásicas, bastón en follaje que pisó manguera enlazada al grifo de cocina. Regaría hierbabuena, menta, invadidas por araña roja.

Duela rechinaba. Cada paso producía vibraciones, escalera, cuyos peldaños, pino apolillado, objetaron resplandor intermite, foco sobre cabeza fundida. El picaporte, embotado, se negó, primer intento. La cámara era vacío, muebles. Faltaba colchón. Sobre repisa quedaron juguetes abandonados durante partida. Empotré banco frente al clóset. Removí piezas, cajón oscuro. Eran punta, lápices, cartapacio. Bajaría cuadernos, notas, casi destruidos por cucaracha, polillas. Empecé a transcribir manuscritos. Bloc, hojas blancas, pluma, tinta negra, sirvieron para traducir español rudimentario, infantil, a uno moderno, comprensible:

Machacaría insectos en banquetas solitarias, para sentirme al matarlos como la muerte, acompañado. Frecuenté tienda, rodeada por anaqueles vacíos. La propietaria: ermitaña que se guarecía con matamoscas me daba asco. Escogí golosinas, ate de limón, que se pegaron a mis dientes. Cuando dejaban encía-dolor, les acomodé en meandros, para que separaran agua de lodo. El dolor cesaba, espasmos por todo mi cuerpo retorcían intestinos. Digestiones expulsaron por esófago lúgubre voz de casa.

Lo descubrí en rostro globular de profesor o sobresaliendo por boca del amigo…, en restos de crema escurriéndole por lengua viperina, infantil. Mis sentidos respondían a esa mente tallada, presentada a cada instante. Su voz, intrínseca, filo de lengua, resoplaba con más fuerza en biblioteca-refugio por letras aéreas, epígrafes, cuyo autor olvidé. Muros, repisa hirviendo termitas, procuraron sitio, frente al área de Teología, para ocultar a Lisandro, entre frígidas evocaciones.

Familiaricé aroma de enciclopedias con frente inmensa, avanzando, del bibliotecario, ser arrogante, crudo, amoroso. Dedos-teclado generarían solicitudes, préstamo. Se quitaba lentes al verme llegar. Dedo índice unió punta de nariz con boca, pedía silencio. Su mirada inquisitiva iba hacia "área de religiones" en segundo piso. Gruesos tomos, Occam, Agustín, devorados por bichos ilustres, redujeron *Confessionis, Logica malor* a párrafos incompletos de

Alba.

A partir de aquí se pierden letras y algunas líneas del texto:

Pueblerino ignorante, reveló, a mi madre, peripecias: hijo leía fuera de edad, amigo de inadaptados, bibliotecario. Ella intentó enmendarme, peculios-castigo, horas, televisor. Veía conocimiento, maldad, como ancestros. Reprimendas, nuca juzgado. Golpes, espalda, cinturón doloroso, costilla, regaños irracionales, glorificaban serpientes, escaleras, aviones a escala, gruñendo hebilla, codo rasgado. Afrenta, menosprecio, mano castigadora, volvieron dulce lo que yo sabía del libro secreto, distante, Lisandro sin ofuscamiento.

Razoné, aplastaba larva, polilla *borró frases enteras, octavo* canto, *Divina Comedia,* boronas sin papel, ella sentía padre en mí: eso que lo llevó fuera del mundo. Decidí manipular. Antes, rumbo a colegio, de que mi estómago gruñera por temor quimérico, le aseguré que, triada, monedas, labrado bipolar, escudo nacional y héroes, que sacaba del monedero, hacia compartimento-mochila, serían invertidos en elotes cocidos o algodón de azúcar. Jamás sirvieron para eso. Huía preocupado, al salir de escuela, recorriendo calles infestadas, vendimias, miel, enchiladas, hierbas medicinales. Efigies, tosquedad, vestidas, ropa multicolor, provenientes, lugar, hambruna, alcanzaban vehículos anónimos, al extenderles racimos, cola de caballo, mejorana, tomillo sobre parabrisas que traslucieron molestia, facciones, prisa, angustia por llegar. Recibían mis pecunias, buen agrado, para gastarles, pulque o tabaco. Detenido en templo, frente a óleo malogrado, lienzo del purgatorio, inserté metálicos en alcancía, cuyo dictamen solicitaba << *Coopere para el misterio* >>. Anhelaría mercar voluntad, Dios. Pedí a brazas-sufrimiento, alejar, este mundo villano. Si no era posible, indulgencia-morir…

Abrí puerta y silbido. Característica de sus labios formando palabras. Retumbó en toda, casa, noticia estremecedora: Un viejo idiota compró heredad de Alba. Dialogaba, tendidamente, con mi padre, en porche, bebiendo taza de café recién tostado. Intentaría, vía telefónica, negociar cierta finca, antes usada como refresquera. Lisandro pensaba derrumbarla y convertirla en casa. Palabras que adularon cosecha de vinos servirían de adorno para que Alba viviera con nosotros, al rogar sitio inánime, sótano, verjas que acogían licor. Pernoctaría, dijo, mientras cobraban forma su nuevo techo y bardas por elevar.

Nos dejó a las diez, lleno de goce, para saborear dulce cama del viejo hostal, esperaba nuestro sótano para su ilustre persona…

Resistí pellizco en cachete antes que alargado cuerpo se ahogase en calle oscura, iluminada solamente por luciérnagas, cuya oscuridad devoraría sus pasos. Detenido en puerta, temeroso, conjeturaré destino horripilante. Alba, maléfico ser, amante fingido, embuste, convenció habitantes, inocentes por genética y estúpidos por nacimiento, de permitirle tiempo, que sería infinito, para merodear ocupaciones vulgares, familia y vino, soledad, modulados ante apático mezquino que supo aprovecharse de pueblerinos ineptos.

Tirador atrancó puerta. Mi padre danzaba, confusamente, tamborileando entre rosales. Tenía pantalón lleno de espinas y andar primitivo, como bloque de granito sin codos o rodillas. Parecía atlante vuelto humano. Le costaba nombrar cualquier objeto. Especuló que tallo de árboles eran personas, reía su fealdad. Gritaba con mandíbula entumecida, frases resbaladizas, a copa de arbustos: su peinado estaba fuera de moda. Confundido, solicitaría nombre de calle a personajes invisibles, hasta caer, entre risotadas, al piso. Espumarajos brotando por boca ya entumecida, tiñeron rojo el pasto. Su cuerpo paralizado rodó hasta que terraplén-hojarasca, le detuvo.

Luisa y… Rodearían al decrépito, exigiéndole que resistiera síncope. Ante su negativa, el convulsionado era incapaz de reconocer esposa, hermana. Contactaron, entre tumbos, al médico, vía telefónica. Dio instrucciones precisas: acostarlo, solicitar ambulancia que dilató escasos minutos en oírse cerca. Recorrieron finca, suma presteza, atendidos por tía Luisa. Paramédicos indiferentes atendieron al hombre tirado en faldas de su esposa. Corazón apenas le latía, tenues rozaduras cubrían su rostro. Hacía un tiempo rosado.

Nerviosas, extasiadas, se bañarían juntas. Encendieron calentador, que tosió bocanadas de gas sin quemar, antes de permitirse flama anulosa. Aderezarían cuerpo con esencia, jazmín, aceite de argán. Vestidas de gala, con pantalón negro, blusa abotonada color lila, secaban lágrimas con rebozo azafranado. Sonó claxon. Alcanzaron puerta, vehículo añejo, llantas marcadas por uso, abolladuras. Luisa vomitó antes de arrellanarse en asiento maloliente, que, frente a residencia, resopló hedor de transporte público, como si mal aliento, sudor, clientes, hubiera permanecido.

Me abandonaron sobre banqueta, con maletín entre piernas. Grillos rechinaban, escondiéndose en árboles, farolas y neblina tras lontananza, hasta que vaporoso furgón, del abuelo, donde embarcaban tabaco recién cortado, rompió la calma. Smog golpearía nariz cuando abrieron la puerta. Voz femenina: equipaje a toldo del vehículo. Chapa, acero soportarían mis pies. Enredé correas de valija en canasta. Obviamos calles transitadas. Ceño fruncido intentaría preguntarme, sin hablar, algo que no entendía. Miraba por ventana cómo luces, pueblo, se iban apagando. Terreno empedrado, andanza maquinal, hizo vibrar entera antigua carrocería. Gruñó motor, caja de velocidades golpeteaba, frenándose.

Maizales, verja de montañas, alfalfa recién cortada. Chasquido, reja tras nuca. Aullido, campo, ojos amarillos, coyote. Hileras-pasillo, muros, tabla-roca. Tíos-peones despertando. Abuelo, ataviado, piyama, puro flamígero en boca: << ¡Bienvenido a tu pobre casa, Luis Escudero, bienvenido! >>.

Abuela me hizo saber uso puntual de tiempo. Su atrofiada cabeza gobernaba sueño, vigilia, trabajo. Repitió, antes de irse, instrucciones, para que su vetusto cerebro, entretejido, ocupaciones, no olvidase turno, medicina, horarios, telenovela. Indicó que cerca, medio día, coctel, medicamentos avivarían mis sentidos y a las ocho, pastillas combinadas, los adormecerían. Resto de tiempo, acompañaría, hombre mayor, José Pech, sirviente altanero, minúscula estatura, lampiño, rosáceo, pantalón, mezclilla azul, guayabera rallada.

Trinche incansable mudó pilas, hierba seca. Silencioso trabajaba, moviendo someramente labios partidos, silbido, canto de gorriones. Menospreció cualquier invitación, tertulias domésticas, peones. Si Tubérculo quería seguirlo, patada en costillas era advertencia, alejamiento. Pelo entrecano, robusto, mirada aguileña, brazos polvorientos, íntimo del patriarca, semejante en edad, usaba sigilo para comunicarse.

Esperé muchos días en roca viciada por hollín, mirando gallinas, que, acompañadas de polluelos, darían cacaraqueos como llamado. Bautizaba a sus críos por tono, plumaje: << jaspeado 1, blanco 2, amarillo 3>>. Desatendí señal, pensando que trataba, ahuyentar mosquitos. Repetía manotazos. Incrédulo, agucé mirada, para alcanzar a distinguirle. Sonrisa maquillándose, brillo, diente de oro. Creaba gallineros y quería acompañante. Metido, estructura rectangular, hecha de carrizos, acomodó en cada uno de sus lados, ingentes piezas, alambrón, bordándolas entre sí. Preguntó si quería escuchar. Puso media docena de tabiques para que me sentase:

No lo diría; Valentín Rodríguez fue joven; Cada arruga impresa en su rostro figura atrevimientos de mocedad; Más alto y fornido que hoy desestimaba entidades del otro mundo; Acostumbrado al trabajo marchó durante las noches de invierno sin mesura; Se burlaría de asustadizos que lamentaron haber escuchado en algún callejón las tibias pisadas de aparecidos; Repudió su pescuezo enseres religiosos que viejas fanáticas intentaban colgarle para minimizar actitudes temerarias; En sus andanzas lo acompañó un inmenso pastor alemán de color negro con amarillo; Los dos toleraron garrotazos de policías municipales conocidos bajo el nombre de la ronda; Sabedores de su ubicación a causa de ladridos estridentes molían a perro y hombre; Rodríguez dormitaba en una celda minúscula con olor a sangre de vaca y oveja que servía de matadero por la mañana y de galera en la noche; Enloquecido por humedad y frío imaginó la vida de un grupo de malandrines íntimos suyos que se organizaban para la búsqueda de algo enterrado.

Hallarían al hipnotista en la capital; Guiándose por el único que dominaba esos bulevares pavimentados siguieron el olor a grasa humana sobre cemento; Encontrarían a la rancia usurera llamada Lupe Alba; Fue de tu abuelo cuando vivió en la ciudad; Tenía un pariente que se dedicaba a porquería y media; El grupo de cuarenta –nunca llegaron a ser tantos– invirtió casi diez mil pesos para convencerlo; Él trabajaba en carpas; Hipnotizó desprevenidos al convertirles en sonámbulos y liberarlos de sus pertenencias.

Valentín escéptico del gasto que se había realizado esperó al visitante tras la estación del ferrocarril; Vigiló sembradíos de humo y polvareda; Si alguien husmeaba las vías lo sabría su cabeza llena de sospechas; Intuyó que alguien del pueblo supo de la venida del espiritista; Pisoteaba restos de tabaco antes que el viento helado se los llevase; Escupía compulsivamente; Los demás encubrieron su rostro entre hojas de periódico; Justificaban su presencia con la nota roja y horóscopos...

Tu abuelo mordisqueaba sus labios; Imaginó que todos ellos serían mancillados en la explanada del Jardín; Al acusarles de blasfemia llamas y encinos carbonizados achicharrarían piernas o manos de la cofradía entera...

Rodríguez advirtió el nerviosismo del espiritista; Abría y cerraba la ventanilla para escudriñar la terrible quietud en la estación férrea; Sus ojos delineados por ojeras con vaselina observaron magueyes acunándose; Carraspeaba imprecaciones al peinar su barba entrecana a propósito; Sacudía las mangas del esmoquin oscuro plagada de bellos recién arrancados...

Valentín daba la orden; Se levantó para sentir el revólver ceñido al pantalón por la culata; Caminaría escasos metros antes de encontrarse con la escalerilla del tren; Mandó bajar al visitante; Una fila de hombres ataviados algunos con pantalones de manta y el resto de mezclilla recibieron entre aplausos o gritos de jolgorio al invitado; Este hizo fulgurar un puro humeante de aroma intenso; iluminaba sus fauces cetrinas antes que la medalla de San Benito germinase del pecho y tosiera una cortesía indiferente...

Subieron al carro de mulas un beliz; Valentín ordenaba evitar caminos y escabullirse por los matorrales; Su voz recia o nerviosa mandó a cada hombre por un rumbo diferente mientras la carreta penetraba el monte hasta llegar al sitio acordado...

Rechinido de botas; Rodríguez frenándose; Polvareda que se acercaba; Hervideros de gente comandados por sacerdote armado con relicario y escapularios; Aquéllos trajeron garrotes y montones de leña; Vociferaban acusaciones e intercesión divina; Gemían el parecido del espiritista con Belcebú; Montados unos sobre otros apuntaron hondas directo a los cuarenta; Estos abrigados por el carro de mulas intentaban eludir pedradas usando de fortaleza la irrisoria panza de cuatro jamelgos.

Valentín aguzó la mirada y sus enturbiados ojos valoraron el ambiente; Estaban perdidos; Organizaría la defensa u ofensiva; Farfulló que aligeraran sus armas de municiones ante los rijosos; Boquiabiertos sus acompañantes se supieron asesinos en potencia; Un vejestorio espantado desdijo la orden de Rodríguez; Opinó enfrentarlos a bofetones; Para evitar confusión tiraron al piso sus pertenencias; Marcharían estoicos abriéndose paso entre una llovizna de pedradas e imprecaciones hasta quedar tendidos cubiertos de agua bendita; Róbalo fue de los primeros en desplomarse e intentó levantar su testa que fue regresada a tierra por rocas infalibles; Valentín tras una pata de jumento vislumbró la paliza; Yacían sus fraternos tendidos o desmayados sin poder moverse; El avance arreciaba; Rodríguez supo que les prenderían fuego con teas acabadas de encender; Apuntó el carro de mulas en dirección del motín. Esperaría que sus oponentes tomaran la estación entera; Les permitió alimentar con hojas de elote una inmensa nube de humo y fuego de igniciones humanas; Valentín se adelantaría previendo final atroz. Dio una patada en el anca del burro que gobernaba la carreta donde iba el espiritista. Embistieron de frente a Párroco y su banda; Puñetazos y garrotazos soslayaron costillas de los animales; Botas y huaraches pisoteados por pezuñas intentaban frenar la huida colgándose del lomo de las bestias; Pólvora con acero golpeó hombro y pierna del sacerdote; Lo aquietarían como si estuviera rezando; Dos figuras médium y Rodríguez agazapadas sobre el estómago de las mulas ingresaron a la e*spesura del monte...*

Valentín escapó; Evitaba lugares sin árboles que pudieran notarse desde el caserío; Hundió cascos del jumento entre raíces de enormes sabinos que minimizaron el andar de una bestia con su jinete; Rodríguez giraba la testa para ver a sus perseguidores; Cerca del ocaso miró hambrientas lechuzas que simulaban nubes con sus hambrientas alas; Iban al pueblo; Un banquete de cabezas de pichones escondidas tras los arcos del templo les dilataban; Pudo distinguir la movilización de antorchas desperdigándose por todos los puntos cardinales; Temeroso de cuatro o cinco fumarolas que tomaron dirección suya aceleraría el paso...

La cara de Rodríguez vaticinó un cuchillo recién afilado saliendo desde el cinturón; Era para matar al espiritista; Vi a su piel morena tornarse del color de un muerto;

Nos sorprendieron por los maizales, Prefirieron el vivir de otros al suyo, Una lluvia de pedradas sobre ellos, Róbalo y Gómez... , El polvo en sus heridas y las pisadas en sus huesos... Resolví ayudarles, Contuve los golpes del enorme báculo de metal que se divertía con la espalda de un descalabrado, El cura profirió grito tan estremecedor cuando pólvora y metal rasgaron su hombro que la gente se dispersaba, Golpeé a los animales del carro de mulas, Se fueron encima de los santurrones. Aplastaban un erial lleno de cabezas ensangrentadas, Deformarían cuerpos amoratados por farallones y ruedas, Pude huir, pero el culpable está aquí, Tras de su costoso frac...

Lengua dulzona mojando labios rasposos. Cervantes jadeaba. Terminó de unir alambrado. Utilizando hilo, cobre, enlazaría puerta con aldabas, acero brilloso. Manoseaba chaqueta. Halló tabaco. Brotaron hojas, maíz deshidratándose. Cigarro. Lo encendió. Humo rehabilitaba apesadumbrados pulmones que expulsaron flema, sangre y breva:

Doce o trece hombres borrosos aparecieron en lontananza; Sus voces reducían los graznidos del cuervo a murmullos; Fuimos a darles alcance; Los confrontamos antes que la comitiva se detuviera; Valentín supo que eran los cuarenta; Suplicó revelasen el escape; Intuía una farsa; Gemidos acalorados: Un grupo de campesinos les apresaron. Los escoltaban rumbo a galeras. Esperarían sentencia. Fueron visitados por el abate quien demandó jugoso donativo que frenaría la pena. Gómez firmó un pagaré y sus compañeros eran testigos. Tenían dolor a penas soportable de huesos rotos o endeudamiento.

Rodríguez negó la historia de los cuarenta; Mofándose de su cobardía dijo que seguramente realizaron un pacto: entregarle a cambio de su libertad; Ayudados por el apoyo mutuo empequeñecerían la reprimenda; Pretextaron falta de tacto y prejuicio hacia lo religioso; Sollozarían junto al portón del granero la inmensa suma gastada para entrevistarse y calmar el furor del párroco. Rodríguez subrayó las consecuencias del espiritista: los pisotones que sufrieron al intentar un enfrentamiento con la turba; Exigiría no se olvidara el parentesco del médium con la iglesia; Tampoco el pretextado fraude; Menos un símbolo propio de secta católica guarecido bajo el chaleco del visitante; Los cuarenta rechazaron dichas pruebas; Aglutinándose intentaron mover a Rodríguez de la puerta; Codazos e injurias completarían el debate; Al someter la moción a voto decidieron negocios con otro mundo…

Tu abuelo fue convencido a cambio de la cabeza del párroco; Laborarían de noche para aprovechar ausencia de los jornaleros que velaban la siembra; Rodríguez creó una réplica del granero a metros del original; Botes de chile y paja o carrizos como puerta aderezaron la nueva fachada; Los trabajadores que regresaban del campo agotados y meditabundos dormirían en el nuevo edificio; Por unos cuantos pesos soportaban al zancudo ponzoñoso y al jicote que vive en los adobes…

Era lugar frío cubierto por tejas de asbesto; Creado sobre manantial le habitaban sanguijuelas; Todas ellas responsables de las enormes manchas inflamadas en la piel de los trabajadores; Durmieron ahí velando la raíz de sus cosechas; Perecerían lentamente al ser atacados por hojarasca y aguaceros saliendo de la tierra…

Hubo enseres para el ritual; Camilla de encino dispuesta a la mitad del salón; Un libro rojo ilegible aderezando aromas de menta y pirul; Caldera en pleno hervor acomodada sobre el fogón; Brebajes antes del ceremonial…

Tubérculo se quejó del olor y chillidos; Puesto en tierra o con las orejas levantadas cerraría un ojo mientras los hombres dejaban escapar ajos y cebollas que ardían por debajo de la puerta; Convertido en vigilante giraba el cuello si un movimiento sobre la broza removía el campo o si una liebre desfilaba entre matorrales; Sus gruñidos eran por luces sulfurosas brotando del edificio aledaño y el rebote de grillos cayendo de una rama a otra.

Adentro el frío mermaba; Tomados de mano inundarían ambiciosas narices con tónico hierbal; Entrañas hambrientas mordisqueaban hongos color oro como el sugerido por las manos velludas del vidente; Arengándose por evocaciones movían el gaznate con tanta fuerza que lanzaron escupitajos de pólvora.

Cada noche alguien era poseído; Presa de éxtasis le chamuscaban la piel al electo; El cuerpo rebotaría en semblantes irónicos sobre el nuevo candidato; Absorto con los ojos ya en blanco acomodaría su desvencijado cuerpo encima de un petate; La garganta era megáfono de voces sedientas de otra vida.

El médium pincharía al extasiado; Plata para que renunciara la súplica de los idos y buscase un faro capaz de revelarles el lugar del tesoro enterrado; Aguardaron la fría revelación semanas enteras; Como no llegó mandarían erigir una plancha redonda que levantaron sobre tres leños arqueados de pirul; En dirección de los cuatro puntos cardinales hubo blandones quemándose por ensalmos hacia la manifestación del espíritu ; Cada uno asediaba el tabernáculo al utilizar su boca como nariz para meterse la pócima burbujeante; Pronto se retorcían; Las venas saltaban de su carne; "El trajeado" como lo llamaron seleccionó al primero que vomitase "pólvora recién quemada"; Éste cerraba los ojos para caer en profundo letargo; Se deformaría hasta perder nariz o mentón convertidos en barba y huesos; El espiritista balanceaba péndulo chapeado en oro por testa del durmiente para reanimar su anónimo rostro…

Lo hipnotizaron; Voz dilatando su gaznate estrechó adivinaciones sobre la vida de los presentes; Con risa sardónica se levantaba al arquear la espalda y solicitó la escucha de atónitos espectadores; El espiritista tomaría la iniciativa en genuflexión frente al endemoniado; Mendingó piedad mientras sus labios salpicados de tabaco besaban nudillos cuarteándose; La mirada confusa del protervo se fue hacia el imprudente que le demandaba toscas monedas de oro; Exclamó una risotada y las flamas chispeantes de los cirios que ardían copiosamente se nublaron; Los invitados alcanzaban su escasa conciencia o por lo menos el temor a ella; Correrían por toda el local gruñendo como animales en brama; Murmuraban la figura de un enorme coyote de orejas como picos escarpados; Gemían infortunios del enorme grillo que chirreaba el destino de todos.

Comenzaron a golpearse entre sí; Guantadas se hundieron en estómagos que vomitaban espuma; Dientes crujían lejos de férreas mandíbulas; Tubérculo movió la puerta; Sus cuatro patas buscaron al poseso; Este tirado en el suelo lanzaba espuma al disimular retortijones; Buscó culpables; Miraría al único de pie y su olfato captó la ausencia de hombre; Vituperios se mezclaron en la oscuridad para revelar imprecaciones de bestia o espectro; Animal y endemoniado intercambiaron mordidas; Tubérculo extravió el pelaje del lomo que fue arrancado por colmillos de su feroz contrincante; El perro lo contuvo rasgándole la yugular.

Valentín que abrevaba de una pileta miró el rincón levemente iluminado; Jalaría del cuero a Tubérculo; A su lado un siniestro revólver; Gritó para informar a los demás; Tropezaría con el espiritista; Rodríguez aún tembloroso de pies y manos le disparó en el brazo; Ni una sola gota de sangre brotaba de la herida; Pateó su rostro barbado; El líquido rojizo borboteando por la nariz se esfumaba al instante; Puso la mano izquierda en su vientre y derecha sobre la cabellera del espiritista: <<¡ Pendejo!>>

Formaron un tumulto liderado por Tubérculo alrededor del poseso; Su faz cobró forma humana; El talante escuálido abría paso a uno rígido; Se negaba a conocerlos;

Vociferaría ilaciones faltas de lógica; Su dedo índice metido iba en la boca para provocarse el vómito: << ¡Casón, abuel, quémenl! >>; Le ofrecieron agua; Un borbotón de bilis tiñó sus dientes y la conciencia.

Valentín tomó aquella lámpara de aceite que escurría brea; Ordenaba carbonizar el granero; Marcharon quebrados por la resaca del brebaje. Los esperaría el fogón de brazas sulfurosas; Alcanzarían maderos que alimentaron ascuas; Rociaban el fuego por los escondrijos del inmenso local; A empellones saltaron por la única ventana. Correrían hacia el portón para escapar de un voraz incendio que subió la temperatura hasta ignición; Flamas ardientes se escaparon por las ventanas; Absorberían sitiales donde se manifestó la enigmática presencia.

Nadie intercedió por el cuerpo fracturado del espiritista; Olvidaron si vivía o estaba muerto; Sus restos se mezclaron con adobes y exequias ardiendo; Invadidos por el temor olvidarían una mancha oscura con nariz aguileña y sombrero de copa que sobresalió del altozano eco de la quemazón; Las cenizas del incendio nutrieron al retoño del sabino erigido junto al montículo de breña y tierra carbonizada.

Contuvo, voz rasposa, historia. Jadeante, fabricó cigarro, hoja de maíz, tabaco en polvo, que lo llevaría a muerte. Avivó pitillo con aliento, ascua devoró punta. Trataba de recoger pinzas tiradas en piso, oxidándose. No pudo atenazarlas completamente, dolor lumbar lo congeló entre suelo, torbellinos de aire. Punzada hizo silbidos por la boca. Observaba cielo, estrellas, luna machacada por nubarrón sin brillo. Aspiraría compasivamente humo, regurgitación y garganta. Fastidiado, renuente, que fin llegara, cuerdas bucales marchitas expectoraron: << ¡Err! >>. Nariz aguileña contrajo sonrisa, diente de oro naciendo encías:

Valentín descansó en las raíces de un ahuehuete que deformaban el piso; Rodeado de sus acompañantes tomaría la voz; Calcó terquedad e ignorancia que utilizaba el farsante: disfrazarse de hipnotista y extorsionarlos; Todavía con resaca del brebaje mal oyeron ese fárrago inentendible de Rodríguez; Interrumpieron voces lejanas de los peones que araban la tierra: "Si Adelita se fuera con otro la seguiría por tierra y por mar, si por mar en un buque de guerra si por tierra en un tren militar"; Por la sorna del poseso e imprecaciones que lanzó antes de morir afirmaban el plan de Valentín; Más tarde lo negaron; Gómez y allegados regarían una versión que erizaba la piel.

Los cuarenta eran vencidos por algo en sus entrañas; Su refugio fue mezcal o tónicos para el espanto; Pasaban las noches encima del cerro. Danzarían alrededor de piras grotescas que encendieron con sus ropas; Unos a otros se amaban y su filial alianza espantaría a quienes los vieron; Rodríguez disfrutaba tras los escasos muros de su hogar la impensada venganza; Sabiendo de Gómez y …; Esperó cauteloso entre tortillas y sopa fría que yo le acerqué; La gente se olvidaría de su yerro al entretenerse con los endemoniados que se revolcaban en el monte.

Agazapado al piso cubierto por un jorongo temblaba; Su boca escupía incómodas virutas de pan que las ratas le hurtaron de su mano imprecisa; Las orejas le ardían; No entendió mis palabras; Acerqué una botella de mezcal; Su mirada revivió por el gusano de maguey; Lo comparaba con un fantasma en sus intestinos; Había una lombriz gástrica ensamblando su razón hacia nuevos pensamientos; El resto de los implicados se hallaron en circunstancias parecidas; Desnucaban reptiles para quitarles la lengua; Querían una palabra inexistente cuyo sonido sólo ellos identificaban; Clamaron la vida de un yo etéreo de nuevas voces; Infectados por tal locura se iban al monte y utilizaban la soledad o el frío para mantener lenguas viperinas colgando de tendederos;   Valentín en tono amenazante: << ¡Un tiro antes de caer en tan penosos menesteres! ¡Almuerzo! >>; Frotaba el gatillo del revólver que dormía con él; Lanzó enormes bocanadas de pólvora por la boca; Se había comido las balas; Los cigarros explotaron al contacto con sus labios; Chillidos patéticos esperaban el guiso de habas rancias y sopa fría; Extendí una botella de aguamiel que lo serenó…

No era el mismo; Como si fuera una marioneta dejó tazas o platos resbalar de sus manos imprecisas; Apretaba con tal escarnio los dedos que nadaron en pus; Tenía muñecas cicatrizadas y marca redonda de una soga en el cuello; Musitó: << A-taaa-doo, co-nnn u-na guit-aa delll pesss-cue-zzo y-y d-e, de-ee u-nnn cinnn-chooo lo-sss braa-zzz-os, a-l pieee d-e u-u-n-n mezz-quiii-te, too-le -téé laaa no-ch-eee >>; Erraría al intentar arrebatarme el mezcal que yo le tendí; El gollete no besó sus labios; Dio enormes tragos de vacío…

Lo soportaba una silla crujiente; Desatendía la música entonada por tubas y maracas; Su ejecutor era lanudo de mirada blanca y oído simple; Valentín observaba la cancela; Pulía su revólver con trapo manchado de hollín; Era notoria la sacudida inusual en sus dedos. Tanteó el gatillo deseando matar; Los ojos gigantescos de Rodríguez iban a la desocupada esquina del bar; El temblor amainó y sus falanges revolcaron al jarro de aguardiente casi lleno; Alisaba su lengua incompleta una hoja de maíz; La nutrió con tabaco antes de hacerla rollo; Lo empotraría a su garganta marinada por el ayuno; Su respiración era humo recién expelido; Pasando de una idea a otra negaría lo dicho; Su voz fue distinta a la de sus palabras:

Exigí recordase las infusiones utilizadas por el médium; Buscaríamos un antídoto; Tosía para evadirme; Agitaba la chaqueta con sus manos deshidratadas; Pidió al músico que tocase más fuerte y demandó su guitarra; Esta surgía de una valija tras el mostrador; Valentín intentó afinarla; Los dedos se resbalaron; Las cuerdas vibraban estentóreas fuera de tono; El instrumento fue a dar al piso; Rodríguez baleó la caja de resonancia y arrancó el diapasón; Intentaría atar los cordones de sus choclos; Tiró unas monedas encima de cacahuates y garbanzos; Saldría despavorido trompicándose en los vórtices de mesas aledañas; Derrumbaba despintados vasos de madera que escurrieron cenizas en piernas del iracundo comensal…

Estornudo, áspero gollete. Interrumpieron historia, punto medular. Cara, José, volviéndose rojiza, intentaba recuperar, aliento. Enjuagó labios, agua recién emanada, manguera. Regurgitaba uso de gallinero, albergaría nuevas generaciones, ave de corral. Resaltó calidad de alambre, no reciclado, forrándose por tejas, asbesto, principal obstáculo, dique natural, ratas, coyotes. Bestias fenecerían, astenia, víctimas, codicia. por alarmante explosión demográfica, terminaban devorándose. José Pech metió lengua, bote de agua, ranciedad. Lavaría befos azules, empequeñecidos por viento helado. Memoraban lugar donde relatos. Consumido por furor recuerdo, insinuó lúgubre entendimiento, desorden, historia, verdades, fragmento inverosímil. Agachó, hacia piedra enlamada, ojos. Tantearía antes de acomodarse. Hizo muecas, pesadumbre. Inundaron rostro, abochornamiento:

Recorrió las callejuelas plañendo vituperios; Despertaría al paisaje matutino adormilado; Enturbió el paso de malolientes que se persignaban ante su lamento; Les satirizaría al arrastrar los pies como tullido; Golpeó cada puerta buscando un cuyo de orejas rotas; Lágrimas pegadas a sus cachetes; Nuevas arrugas brotaron de sus ojos; Campanadas del templo cimbraban su cabeza; Lanzaba chillidos con un eco insoportable; Menguada su conciencia huía aterrorizado.

Tocó el principio del monte; Enseñaba su torso descarnado; Hablaría por él una voz misteriosa que de repente ocultó su ronquera; Dirigía la cabeza a una barda o a una cerca y asestaba terribles golpes como vil carnero; La frente celada tras un manto escarlata o hebras de cabellos granate le taparon los ojos; Despreció chillidos abrazadores que fotografiaban su destino; Iría en búsqueda de la jauría de coyotes; Intentaron detenerle; Un Carrizo atizaría sus corvas; Provocó la caída súbita del enloquecido; Rodríguez volteaba fuera de sí abrazando el madero que le apaleó; Con rostro irreconocible y cuerpo maltrecho entró en...

Estuvo dos largas noches hundido en la espesura del campo; Rumores encabezaron su pensamiento; Valentín y los cuarenta ocultos tras una ladera realizaban actos…; Sobrevivirían con agua del cactus y de ratones exprimidos…

Jamás creímos eso; A la vera de una columna del atrio de la iglesia se corrigió tal mentira; Almanza Vakero mientras pelábamos cacahuates asados y bebíamos ponche hirviendo pidió reinventar a su fraterno; Hizo que prestásemos atención; Frío o viento amenazador y la ausencia de gente a eso de las diez le motivaron; Pedí apresuramiento; El aguanieve empezaba a tapizar los adoquines de blanco y pronto la temperatura se volvería insoportable; Almanza al esgrimir un cerillo fulgurante anunció la leyenda introductoria: El perro gigantesco que nos acechaba durante las travesía nocturnas llamó a Valentín. Sus ojos aceitunados que vivían en el cerro salivoso lo atrajeron.

Lo interrumpí y mecánicamente avivé la historia:

Adherida al cinturón por sudor la navaja brillosa se afilaba mientras dormía; Olvidó revólver percudido y los pantalones aceitunados tan propios de él; La risa que brotaba de una gárganta hinchada por fiebre era su acompañante; Así la voz usurpadora no regresaría para dejar en paz a su inestable conciencia; Los aullidos en la distancia aderezaron pájaro ardiendo en pira improvisada; El gorrión que atrapó de una pedrada ahora eran huesos para limpiar sus encías; Tras de sí viajaba sin ser visto el cachorro de pastor alemán; Lo eligió como dueño antes de salir del pueblo; Una caricia en las orejas abatidas mitigaron el peso del endemoniado.

El olfato de coyote lo encontró; Tras un corredor de agaves dejaba su tenue voluntad; Mantuvo sólo la que le impedía reunirse con los cuarenta; Permitió a la voz multiplicarse; El tufo del invasor emanaba por su carne; Cogió un guijarro puntiagudo que golpearía su testa cuando el llamado le acechara impetuoso; Descalzaba las botas y consintió a sus pies hundirse entre matorrales; Espinos rasgaron su piel de tal guisa que lamentó por primera vez su infortunio; Aullidos retrocedieron; Habían olisqueado ese conflicto interno que agitaba las copas de los árboles; Ramas se retorcieron hasta casi golpear la greda; Era el aroma del maldecido; Valentín alcanzó un puño de agua; Intentaría ahogar lo que trajo a cuestas; Sintió al estiaje volverse pantanoso; Transitorio légamo detenía lo que meses antes era hermosa laguna; Le costaba moverse; Escarbó entre la camisa; Costillas machacadas fulguraban sangre o lodo seco; Al enderezar su cuerpo intentó mover los pies embadurnados de limo y alcanzar la orilla; El caudaloso estrato lo alentaba; La voz usurpadora fue su mirada perdida en un punto sin estrellas…

Valenzuela Durazo me detuvo; Apagó un cigarro que hervía en su boca. Lo cubrió con palabras erradas hasta encontrar las convenientes:

Caninos rapaces o pulgosos y mordisqueándose entre sí o lo aguardaron. Ojos brillantes y metidos en el cráneo de los animalejos o iluminaban aquellas diminutas olas del estropeado bordo y llamaron a Rodríguez con la mirada. Su cuerpo guiado por hálito inhumano y utilizaría uñas o para salir del fangal. Reptando como bestia o sirviéndose de los cuatro miembros y brotó del afluente cubierto de limo. Arañazos en plantas de los pies o magulladuras en lo que restaba de su ser y llamarían al aliento ponzoñoso que las bestias eructaban. Somnoliento eludió el grito proveniente de una efigie fantasmal y se elevaba por encima de la jauría. Huérfana ya de forma o chillaría e intentando repeler con gritos y las relamidas hacia su brillo etéreo. Los coyotes y sumergidos en fiera pelea o reñían para obtener la mayor cantidad de carne ausente. El fantasma se esfumó en la panza y los rijosos. Sus gritos atemperados permitieron o la escucha melindrosa y grillos atonales.

Valentín quedó sobre tierra recién pisada y extendido o era rumia de coyotes. Sin ideas que tanto molestaron o percibiría el brillo de la osa mayor. Gozaba instantes y los primeros o en mucho tiempo de cordura. El temblor de manos se había retirado y aquella delicada tortura de los raspones o vaticinio de que su carne era un retazo enrojecido por llagas y resultó apacible. Calambres gástricos fueron reemplazados o un vacío agudo de serenidad que alimentó su frustrado destino. La risa casi olvidada por antiguos recuerdos o dibujaba y sin miedo o arrugas en su pómulo izquierdo…

Rasparon el abdomen con sus patas traseras y utilizando trotes circulares o encerraban a su presa. Valentín quedó rodeado por seres hambrientos. El brillo lunar regresaba y con ello la fisionomía de sus acechadores. Grandes lomos despellejados o costillas impresas en cuero tiritaban de frío. Sin temor alguno Rodríguez decidió y alargar la situación. Expondría su cuello o aguardando el mortal golpe. Un espécimen inmenso y de ojos momentáneos o lomo erizado que andaba en dos patas y acercó su enorme cuerpo o husmearía con sus narices una yugular azulada y suplicó al propietario caricias. Valentín hundiría sus dedos entre pelaje incoloro y escaso. Los restantes pidieron la misma gracia o utilizando lenguaje conocido. Rodríguez asentía lo dicho por lenguas sin saliva. Dijeron haber olvidado al fuego o el bienestar que las brazas incandescentes traían a sus peludos cuerpos.

Valentín hurgó cansado o en su ropa harapienta. Encontraría piedra y de sílex. Recogió un puñado de breña o a pesar de que el agotamiento roía sus miembros. Produjo chispa que hizo vaporizar la minúscula pira o alimentada con ramas verdes y humareda. Enormes llamaradas devoraron hojas secas esparcidas en tierra o provocaron aullidos de goce. Los coyotes mostraban al fuego sus panzas desmejoradas u olisqueaban el humo como si se tratara del perfume de las flores. Rodríguez al borde del síncope y pidió erróneamente un trozo de pan. Como represalia o fauces desconocidas lo tomarían de la nuca y revolcándolo en el piso donde fue mordisqueada su carne tumefacta. Un espumarajo relajante de los animalejos o mejoró el ardor causado por aquellas heridas que Valentín se infringió a propósito. Entre gruñidos y vibraciones sonoras u ocasionadas por un rechinido de colmillos despostillándose comprendió lo siguiente: << Rafael destierra. Somos Tobías al no-muerto. Aroma. Le roemos venganza. ¿Quién devoró siete esposos? >>

Interrumpieron el alba cuando la breña ardiente o se transformó en una mancha oscura sobre terreno mojado. Enormes bostezos y resonancias lejanas o propietarios ya de fauces rocosas censuraron el escape. La jauría se perdía y entre matorrales. Valentín azotado por vahos tranquilizadores o utilizó el brazo seco de un árbol que descansaba en la breña para levantarse. Sus entrañas palpitantes deseaban morir y algo suyo de ojos hambrientos o atisbaría una nopalera. Movido por el hambre y caminó unos metros; Intentaría cortar tunas o al manotear. Los dedos tocaron espinas punzantes y del vegetal…

Cervantes frenó, súbitamente, invención, relato. Idea nueva:

La música cesó y los truenos vaticinio de lluvia impertinente produjeron nuestra sórdida retirada; Una procesión de siluetas cubriéndose del frío al marchar juntas se disiparían en la bruma; Olíamos a polvo quemado y nuestros ojos enrojecidos nos alumbraban como veladoras errantes.

Despedí a mis colegas; Toleraría sobre la nuca granizo que pintaba el andar de sequedad; Licor y cacahuates hirvieron en mi estómago; Su sabor era de la noche del destino de Valentín; La historia fue divulgada hacia orejas indiscretas de gente poderosa; En el caso que regresase tendría sorprendente bienvenida: leños ardiendo y patíbulo; Deseé no regresara…

Serrín característico del terreno endurecido por cellisca volvió al camino una gran huella arenosa; Llegaría de madrugada prácticamente congelado; Imaginé la choza destruida o convirtiéndose en ruinas; Estaba intacta engalanada por una gran teja de asbesto que revestía el techo; Deliberé si limpiar el cuartucho de Rodríguez para el funeral o llevarme irrisorias pertenencias de valor; Brotó alguien del minúsculo alambrado frontera del patio; Portaba un rifle sobre el hombro; Tubérculo a su lado olió mi saliva de cacahuate ¡Lo supe!; Grité su nombre: << ¡Buenas noches, Vale! >>; Hizo una mueca de fastidio; Preguntó si estaba solo; Musité que elucubramos su destino; Rio al escuchar la historia; Tachándola de fantasiosa la negaba; Un resfrío lo mantuvo en casa; Inquirí la razón de espolvorear los contornos de la finca con ceniza que goteaba de una bota de cuero; El rostro se le gasificó al revelarme que jamás dejaría la casa…

Contuvo relato. Apretujó falanges, al tallar palma, dedos hirviendo, rojo vivo. Levantaría inestable figura, voluntad sin esfuerzo. Musitaba algo. Examinó oleaje, estrellas fugaces que aparecían, firmamento. Sus ojos rasgados sobre brillo sideral evaporándose. Palmada en omóplato aclararía fin, historia. Ordenó me retirara. Intenté continuar tema. Giró la espalda al cerrar labios minúsculos. Decepcionado, troté sobre macadán. Volteaba, encontrar narrador, tan confusa historia. Se volvía lejano, casi invisible. Al esgrimir, supuse, martillo, verificaba resistencia del gallinero.

Tentaría, hilera, gramíneas que amojonaban terruños, abuelo. Divisé entallada cima, riscos que desentonaron con finca cuadriculada. El edificio, situado enfrente, senda, terracería limpiándose, sábados de maleza, pareció choza abandonada, viviendo por gracia, intemperie afectuosa con moradores. Frente sin pintar, fachada, tabiques ajedrezados, cobertizo incómodo, tejas metálicas, envuelto por alambrado roído, mal aderezaba panorama de espacio lleno, follaje, separado, horcones, madera freída, vueltos empalizada, diferenciarían tierra cultivable de verdor espeso, desorganizado, sin campo.

Recargada en faldón, abuela, prorrumpió. Llamaba insistente. Voz absurda, desordenada por viento, inquiría razón de que no hubiera gastado día con... Gritos, ella, mostraban camino, donde, Ford levantó nube grisácea, arbolada —guía, sendero que iba al pueblo—. Auto, trasladaría a quienes, mientras platicaba con Cervantes, se divirtieron trepando mezquites, árboles como pasamanos. Me había ocultado de ellos. Eran más grandes e incluían molestarme. Orgulloso, alejamiento, elevé mano por cortesía, aguardando, jamás, regreso.

Caminé hasta tocar hierro aceitoso, recién pintado, zaguán. Palpaban, meditabundos, dedos magros, abuelo, torciéndose por artritis, hielo seco que se adhería al enrejado. Despidió visitantes con mirada porosa, al ver crisol, red de pesca, entre luces traseras de vehículo. Guarecido tras inmenso latifundio, volvía insípidos adioses de hombre rústico, educado por gobierno constitucionalista, enemigo acérrimo de iglesia católica. Junto a cintura, revolver despintado que salía cuando brisa levantaba repisar de chaqueta. Cachucha gris, inmóvil, escondía rostro moreno, rasurado, cuya base, garganta, emitía silbido propio de agua hirviendo. Su pantalón tubular, fajado encima de ombligo, con bufanda café esparcida en pecho, soportaron rigor de mirada fija, detenida en camino, hasta que Mustang se fue tras loma. Permaneció inmóvil, junto a mí. Entrañaba deseo, poner cualquiera de sus zapatos amarillentos fuera. Rechinaría dientes cetrinos antes de girar cabeza, encontrarme. Manos huesudas acomodando cadenas oxidadas unían dos rejas fabricadas con acero galvanizado.

Volvimos a mansión. Imaginé relato, Pech. Anhelaba saber contraparte, sufrí espasmos discontinuos, boca de estómago, minúsculos calambres. Abría y cerraba labios sin palabra comprometedora. Límite para desarrollar tal inquisición era portón de madera que pronosticaba vestíbulo, lugar tibio, amueblado con banca, sauce y pintura, copia, naturaleza muerta. Me acomodé a izquierda. Palabras se trabaron en cabeza. Palpitante, lograría sisear: << ¿Por qué no te vas? >>. Era demasiado astuto, dejarse engañar. Rechinó diente. Befos sulfurosos emanaron gesto irónico. Temblarían pies, manos. Sentí rodillas debilitándose. Produjeron genuflexión. Despeinaba mi cabello. Para calmar nerviosismo, aseveró poderío del viento que movía antena situada encima, tejado. Mandó aguardase, en sala, para objetar rumores. Iría al fogón, cerillos.

Sentado en sofá, con televisor apagado, entretela gastada, sillones húmedos, aroma rancio, difuminación, olor a tisana frutal cocinándose, volvería pegajoso control del televisor. Al moverle de mano a otra casi rompo jarrón, perdí dedos en agua emponzoñada, donde vivían pareja, girasoles recién cortados. Revisaba reloj de pared, cuya manecilla rifle, estaño, transitaba por números romanos, pesadez insoportable. << ¡Que aparezca y de una vez termine el dilema! >>. Parsimonia aumentó temblor, extremidades. Trataría en paredes, inventar forma manchas, insectos aplastados, ladrillo.

Foco estalló. Rodríguez tentaba alfombra, alpargatas. Evitaría vidrios desperdigados, puntitas. Guiándose por instinto buscó acomodar endeble cuerpo, encima del diván ubicado frente a comedor. Ventisca, intemperie, avivaron llama azulada, velatorio, dientes podridos:

Don José tiene lengua muy grande, No digo más, Le aguanto porque tu abuela me lo encargó, Tendría doce años, Quedó huérfano, Era tullido, Seguiría mis andanzas con reserva, Juzgó demasiado, Piedras, lanzadas por mi brazo, lo obligaron a retirarse de mi rumbo que llevaba al monte, durante madrugadas o reuniones con los cuarenta, Pech era muy joven para razonar lo que ahí gestaba, Malentendió traer al espiritista: cara engañosa de saeta punteaba lo vórtices de un asunto legal y así evitar que el capellán reclamase ejidos de labranza anónimos, sin propietario…

Tos bloqueó disertación. Garganta expulsaba silbido. Regurgitaría ahogos intermitentes. Necesitó dejar asiento, erguirse, tirando espinazo hacia delante, para que alveolos devoraran corriente aérea que dejó entrar mosquitero. Era carraspeo y Rodríguez, molesto, fragilidad, exigió le golpeara espalda. Huesos de tórax se extendían en mis manos, buscaban oxígeno, mientras deglutieron golosinas de cacahuate: vivían sobre confitero acomodado en mesa.

Televisor, alcoba se apagaron. Irrumpió molesta. Alarmada por expectoración, preguntaría sobre jarabe, receta de hacía casi veinte años, médico que descansaba ya en panteón municipal. Él pediría que se retirara. Bastón metálico giró, mano arrugada, pecosa, rumbo al cuarto, donde era imposible meter alfiler. Perchero, colchones amontonados, colección, vestidos antiguos, ropones, volvieron recámara en laberinto vedado para forasteros.

Fustigada tos, coloquio sin interrupciones:

Delataré, quizás, por última vez, mi vida, sabedor de los años que pesan sobre mi espalda, Pongo como blasón del linaje y escritor futuro de los hechos a tu persona, Sea, la evocación de los que ya no viven, bienaventurada:

Mi padre, hombre asesinado… Por remordimiento, el gobernador determinaría esconder su ralea, Fuimos permutados en orfanatos, que recién fundaban los vencedores, Mis hermanos serían inscritos en el colegio militar, Yo, que era más débil, sufrí la pobreza de otro internado, Literas clavadas en piso con hongo, comedores apolillados y vajilla de contenido parco, utilizándose mínimamente en días festivos, provocaron que un dolor de hueso, serenado con tabaco, naciese, Todos los días éramos de otra cama, Chinches ocasionaron colchones ardiendo frente a tan indignas piezas, Mientras desinfectaban, éramos puestos en fila, junto a un patio invadido por escarcha, Sentiríamos cómo las telas de nuestros pantalones y camisas hondeaban igual que flamígeros espantapájaros frente al único auditorio, gélido a causa de su raquítico tejado, Juntos, los huérfanos, cantábamos odas a la revolución, esa que silenció al hombre y convirtió mujeres en botín, Por el gusto de mano estoica, del retirado coronel, director del hospicio izando la bandera, supimos el símbolo terrorífico de la guerra, Aquel lienzo pintado de colores biliosos tomaba el viento para mostrar su cara ensangrentada, Teníamos estómagos tan desacostumbrados a la comida, que vomitábamos durante la ceremonia, Mis compañeros aguardaban el resultado de la fumigación, memorando el hambre de haber sido trabajadores en las recién extintas haciendas, Bilis negra escurría sobre cachetes y chisgueteo del látigo grabado en las espaldas, evidenciaban nuestro origen común.

Fueron inevitables peleas entre tan representativos comensales, Reñíamos para evitar el dolor, Literas escaseando, condenaban, a más débiles, rumbo al piso atestado de hormigas y cucarachas, Mi primera gresca ocurriría con un tísico larguirucho, que requirió su derecho de antigüedad, Jugos gástricos hirviendo, viscerales, provocaron arrebato, Recibí patadas en las costillas y un puñetazo en mi nariz que la evaporó, Como respuesta, empujé mi cuerpo sobre su pecho, gastándole tal golpe, que accidentalmente su cabeza dio con el filo del camastro, Se convulsionó ante la algarabía de mis aliados, personajes ávidos de sangre, que reconocían cualquier defensa como turbulenta alianza entre iguales, Veteranos de guerra, mayormente ancianos, desprovistos de toda moral, que fungían de guardias, recogieron el cuerpo, aún tembloroso, del próximo cadáver.

Años enteros disputé las nimias propiedades que embelesaban, apaciguando, nuestra indigencia, Cobijas harapientas, lápices mordisqueados y colillas de cigarro fueron bienes que hicieron soportable la tuberculosis y poliomielitis, quienes obtenían, cada hora, un nuevo huésped, Disfrutábamos brevemente cosas obtenidas por hurto, mientras el cansancio no produjera descuidos y un nuevo dueño se apropiara de los objetos utilizados en nuestra educación imposible.

Torsos desnudos, sobre pupitre, fueron motivados, en sueño, hacia el conocimiento, por una regla filosa, báculo y sabiduría que rectificaba su falta de atención, Etimologías griegas: cefale, filein y antrophos, vibraban en nuestras cabezas antes que las corvas fueran atizadas y dobladas por golpes arteros de la pieza castigadora, Querían al hombre idóneo, Mejorar la industria y perfeccionar los métodos de cultivos era su gran visión, Esperaban vernos facultados para dirigir la siembra, no con el método de tierra quemada, sino por el de abono…

Volví al pueblo transformado en ingeniero, Languidez, tos, disentían mi novedosa profesión, Durante el viaje de regreso imaginé buenas noticias: un familiar ignoto, pudiente, que hubiese aprovechado la nueva repartición agraria, cambiaba mi destino, Bregaría las tierras para él, aplicando los criterios metodológicos recién descubiertos, Pero la realidad fue otra, Desperté afiebrado en la estación, Sentí el pecho vibrar a cada paso, Un personaje desconocido me recibió, Era viejo, de pequeña estatura, fámulo del comisariado ejidal, Montaba burro inapetente, Con su mano izquierda agrietada, sostenía cuerda que rodeaba el pescuezo del animalejo, Su voz lastimera rezumó ardiendo en mi frente, Indicaría que montara al jumento, Avanzamos por sembradíos de camote, Sus manos temblorosas confundieron el trayecto del rucio, quien profería rebuznidos sosegados por espuelas que lastimaban las ancas del indomable animal, Llegamos al pueblo, Recibí un sobre que albergaba el título de propiedad que las autoridades me cedieron y el nombramiento del lugar donde trabajaría…

Accedí dificultosamente a este territorio bien nutrido con espinos y pobre en agua, Una hilera de tarimas y tejas apolilladas sirvieron de base para levantar el escueto recinto, Dormí envuelto sobre mantas que una parienta lejana dispuso, Tendido sobre el petate hice de las manos almohadas y de mi espalda cobija.

Heredé la oficina inservible de fiscalización, Un escritorio hecho con cajas de jitomates y tres bancos de metal fueron mi quimérico recinto, Los nuevos impuestos al trabajo, industria y propiedad, triada desconocida por esta gente, serían ficción que jamás pude materializar, El diezmo arrebataba las migajas en especie de un municipio asolado por sequía y hambre, Dos veces por quincena mis bríos se gastaban en redactar breves líneas, endosadas vía telégrafo, a la capital, sobre los nulos aranceles percibidos, El gobernador, respondía, semanas más tarde, exigiendo un informe abreviado que descollara el retraso del pueblo y esbozos que resaltasen los sitios donde fábricas refresqueras o de cemento, se asentarían, Repetí lo mismo por meses enteros: "Terrenos aptos. Probable pozo".

A la casa volvía de noche, cuando los buitres dormitaban, para evitar que surcasen el camino en búsqueda de mi nuca, Tres kilómetros de maleza y ojos brillantes que fulguraban durante la madrugada, inundando como luciérnagas al follaje, negarían a pueblerinos el acceso, Dientes lustrosos, persiguiendo la oscuridad, acecharon el cobijo de mi escasa residencia, donde un fogón producía tal humareda que puertas y ventanas emanaban vapor.

Me familiaricé con vibraciones subterráneas que intentaron desviar el cauce de un río, ahora extinto, alimentado por cierto manantial, Extrañaría a la muerte, capaz de reducir mi existencia y hacer olvidar un sueldo tan vacuo que el jarabe para la tos era para días festivos, Apagaba las brasas del fogón cerca de media noche, Por instinto, coloqué un puntal que sellaba al escueto portón, La fiebre apoderándose de mí, revolvió anales del pasado con el entorno, Una pregunta repetitiva ocurría, ¿Cuál era la razón, de que, al pasar tantas horas en soledad, jamás hubiera sentido el alarde de un fantasma? Tal pensamiento, supongo, cultivado gracias al deseo, se trocó en obsesión, Los escasos ocho pesos con cincuenta centavos que me pagaban, incapaces de sufragar un buen desayuno en el mercado y media comida en las cocinas económicas ubicadas a la vera del jardín principal, ahora se destinarían para otro fin.

El excedente serviría para comprar veladoras y minúsculos panfletos, vendidos por un cambalachero, que los martes, ofertaba diversos objetos como rarezas, Lámparas de aceite, estufas de gas y lupas ralladas se postrarían en una vendimia emplazada cerca de la presidencia municipal, que bloqueaba totalmente la única banqueta, gruesa, de cemento y piedra, El joven, individuo de veinte y tantos, vigilado por los rayos del sol debido a su boina negra, de cuero, antes de librarse del viento abrazador al ponerse una chaqueta azafranada, me vendió artículos periodísticos e historias en pésimo español, que le servían de entretenimiento si los posibles clientes bordeaban, indiferentes, el negocio, Así cayó en mi dominio cierta edición, publicada en la capital, de algunas leyendas de los municipios, Fortuitamente, alguien redactó una de estas tierras, Era muy interesante su licenciosa pluma, las alegorías que utilizó para indicar los accidentes de carruajes de oro y plata entre acantilados.

Calor sofocante de abril y las ventanas inexistentes del cuartucho, mi lugar de trabajo, entintarían con aires sobrenaturales las hojas amarillentas que proveyó el ambulante, Liturgias dibujándose encima de páginas indecibles cobraban formas absurdas, Tinta agónica, proveniente de imprentas en ocaso, se deformaba ante mis ojos,

Fusionaría los documentos legales, irrisorios, que de vez en cuando me trajeron los propietarios de cabezas de ganado o la compra-venta de propiedades inservibles, con los relatos de mis nuevas adquisiciones, Imaginé carruajes repletos de oro y el zumbido del ferrocarril gobernado por una vaca maquinista que les despedazaba.

Raquitismo o ausencia de preocupaciones verdaderas decidieron que transitase espacios donde protervos inquilinos, al compás de masticaciones añejas, caña de azúcar y cacahuates tostados, relataban leyendas arcaicas, de lo sobrenatural, La taberna *El infierno*, acomodada calle abajo, sería receptáculo de gibosos a causa de la siembra y ásperos por el trabajo ininterrumpido en maizales, cuyo único placer, sentarse unidos, para beber mezcal de gusano, junto al recuerdo de sus glorias pasadas, instaría, cuando el alcohol hiciera efecto, la época donde extraer piedras ambarinas de los yacimientos era más fácil que labrar surcos en tierra, Relataban el cansancio de mulas jalando pesadas galeras, defendidas por uniformados, que rendían oración al transitar junto al templo, para evitar una muerte segura, ocasionada por salteadores que les acechaban.

Así gasté mi imperceptible ahorro que nutriría el aroma a licor en bocas tiesas, amoratadas, para darle sentido a un llano imberbe, sin tiempo, Cortésmente, los malolientes, enemigos del aseo personal, recibían bebidas del jovenzuelo recién llegado, Toleraban mis indiscreciones por ser el flamante retoño de un barón, asesinado por los amigos del cura mientras dormitaba, que merecía recordarse a través de la imagen de su hijo.

Sentado en las principales mesas del figón, supe, por voz de los casi ancestros, que olvidaban sobras de comida en su dentadura, la monografía tergiversada de un salteador, martirio de los colonizadores, habitante de la región, quien tendió simultáneas emboscadas a fortalezas móviles que guarecieron lo recién extraído, plata y oro, Inferí, al confrontar diversas versiones, que el bandolero dejó un tesoro jamás encontrado, Las historias resaltaban su muerte, Una mulata lo sedujo, orillándolo a que le canjeara su dedicación por sonrisas o matrimonio, Completamente enamorado le reveló cómo daría su próximo golpe, El rumor, esparciéndose por ella, llegó a la morada del Corregidor, Lo último sabido fue que todas las diligencias llegaron enteras, sin tribulación, a la capital.

El trabajo sufrió reformas, Acomodé un rótulo, clavado en la puerta, con el nuevo horario, Lunes de 1 a 4, Malversaría la semana escudriñando primitivos senderos que vinculaban extintas alhóndigas con haciendas, Desgrané cualquier guarida posible del asaltante, Salones sin techo y alacranes recorriendo los agujeros donde una vez hubo ventanales, ahora siluetas rodeadas de enterregados adoquines convirtiéndose en polvo, fueron la única evidencia de vida humana pretérita, Ignorante de todo método arqueológico, viajaba con un cayado, herramienta que fungía de pico y pala, removedora de lo ya movido, Encontré rastros de excavaciones, Muros salpicados de humo y grutas ensimismadas a las paredes recalcarían que otros con mejor suerte buscaron antes.

Cierta noche perdí las últimas energías del cuerpo y los parvos centavos que restaban con dos o tres amigos de la infancia, Ocupamos mesa en *El infierno*, A la orilla del tragaluz fuimos testigos de un vendaval que hizo crujir los adobes que nos envolvían, Frotamos las manos para calentarlas y serenar así una inquietud extendida desde el pecho hasta las rodillas, Alguien gruñó el tema del ladrón y el dinero perdido, Carcajeé para interrumpir el ambiente místico, emblemático, de miradas fijas, Desnutrí la vida del misterioso ladrón, alimenté mis argumentos al subrayar que las apariciones subsecuentes, de un bandido sin cabeza, fiduciario de copiosa riqueza, eran invento del párroco que causaba, para su beneficio, alucinaciones colectivas. Dicha historia, sostuve, era la desesperación de tripas crujiendo en estómagos famélicos.

Alguien redundó la plática, Solicitaría olvidarnos del aparecido y repartir nuestra cuenta e irnos a la brevedad, pues el mesero, sujeto frágil, de torso escaso, ataviado con un mandil azulado, indicaba, al señalar el reloj de pared, la hora de cierre, Lancé dos pesos que rodaron por la mesa y dejaría, fastidiado, el tugurio, sin despedirme, Al salir, la oscuridad expulsaba de mi vista edificios y un viento gélido, casi boreal, Levanté el cuello de la chamarra, Una ventisca golpeó mi nuca, Marché sigiloso, espiando zumbidos de aire, Intentaría sortearlos pegándome cerca de muros apolillados y casas relentes, Degustaba su calor interno, a tabique recién calentado, Ese hálito, fogones que devoraban maleza seca, permitían seguir andando, Crucé el Jardín Principal donde follaje de abedules resultó insuficiente para suavizar la helada, Mis rodillas crepitantes y ojos enrojecidos por virutas de tierra que se fijaban en mis párpados, sumadas al granizo, ocultaron el sonido de un andar, que presumí eran avances trabajosos de una jauría hambrienta, Cuando sentí los pasos acercarse, me detuve. Las pisadas se volvieron cosquilleos de metal encima del pavimento, Sentí la empuñadura del revólver, que, acomodado en el cinturón, hacía del talle cataplasma de hielo, Mi pulgar acarició el gatillo y seguí caminando, Vigilaba la retaguardia, Era imposible huir, Una intersección, avecinándose, presumía el refugio de perros u hombres incrustados sobre la contra esquina, Las pisadas se detuvieron, Giré la cabeza, Miraría parvadas de lechuzas encaramarse al inmenso campanario del templo, Una sombra equina floreció por los adoquines, Desenfundé el arma, Supe que mi perseguidor se descubriría, Esperaba los disparos del fatídico adversario y el pesado cuerpo del rocín golpeándome, La silueta amorfa del jinete encima de un caballo prosperó, Era de animal y hombre sin testa, Salí despavorido, al comprender mis límites , Hui por el callejón llamado Gestas, donde no cabe más de una persona, A trompicones la realidad se entremezclaba, El tubo humeando de chimenea era la única evidencia del rumbo correcto, Moví el enrejado y lo atranqué con pesada cadena, Tiraría el viejo madero que tapaba dintel y jamba, Apagué brazas ardientes del fogón que dieron escasa luminosidad al recinto, al lanzarles una cubeta llena de agua, utilizada para higienizarme, Observaría, por cierta abertura que dejaban las tejas sobre el adobe, la llegada del jinete mutilado. El plenilunio hizo centellear una cuesta interminable, La borrasca acarreó montones de hojas que vaciaban cualquier forma de vida…

Mis ojos tras pestañas resistieron aguanieve que volvía el parpadeo torpe y pesado, con enrojecimiento antinatural de las escleróticas, Columbré negrura dolorosa que ensombreció toda huella del espectro, Pensé: << Mi aroma, quizás, fue desperdigado en todas direcciones y mi captor no supo a dónde ir >>, El sueño me alcanzó tras un sorbo de té de manzanilla, La persecución me había disminuido notablemente y el poder del alcohol que bebí, adormeció mi razón, pulverizándola. Quería embozarme la cobija polvorienta liada en el suelo, cerca del petate, Estremecido, apagué la pequeña veladora que nutrió de forma a gastados enseres, al perderlos largamente en un cuartucho ascético, miserable, Dormí en postura fetal, La helada me entumecería, Hambre y cansancio tranquilizaron cierto instinto de supervivencia, Permití a un mundo irreal, fuera de mi alcance… pozole humeante y tortillas doradas entraban por la boca de…

El descanso animó moretones que sufrí durante mi escapatoria, Sentía las corvas ardiendo, como si una delicada flama tocase el hueso, Mis costillas enterradas se perdían entre silbidos, Bebí un poco de té para mejorar el dolor y mi aliento, La infusión vaporizaba el estentóreo pulmonar, Al sentirme mejor decidí visitar "la oficina", Era un ritual innecesario, Conocía el desinterés general por los impuestos, Quejumbroso, respirando por la boca, caería del monte, Libré el andar de piernas trituradas, con un tronco seco, mezquite, que recogí de entre los matorrales, El viento invernal había crecido y la pobreza de mis ropas, chamarra agujerada, camisa frágil, de tela, permitieron sumergirse en mi pecho una helamiento que abatía las hojas de árboles para trocar sus ramas en estacas torcidas de nieve.

El sol a penas si calentaba, Puro, necio, irritó la breña que ardía con brillo escuálido, Necesité trozo de pan que redujera los espasmos y aumentara mi vientre. Rumbo, la cantina, Una tenue luz, rendimiento del microscópico foco que iluminaba al recinto entero, acrecentó el contorno natural del escenario, Dormidos, apostados sobre el tablero de las mesas, comensales licenciosos, que habían pasado la noche bebiendo, gozaban una resaca moribunda, Cabezas desaliñadas sobre metal de la barra y papeles en blanco regados por todo el lugar, indicarían que se debatió asunto importante, Lo corroboré al levantar un legajo de notas diseminado por el suelo, Arguyeron estrategias para repeler aquel ímpetu expansionista del abad, quien deseoso, movía influencias, adueñándose de todo, Ellos deseaban otra cosa, un espiritista, que, alegóricamente, originaría el furor del citado místico y la aprensión de sus feligreses, Así olvidaría heredades sin amo.

Palmeé la espalda de Hernández Róbalo, Sentí su voz y su grasa, Imploraba al cantinero recién despertado, anís, Este, refunfuñando, golpearía con un casco de botella el plano de las mesas, hasta que los durmientes abrieron miradas lagañosas y tallaron enflaquecidos párpados, Algunos intentarían retirarse, pero mi voz los detuvo cuando atravesaban el umbral de la puerta, Habló Julio Gómez, un sujeto de veintitantos, adinerado, propietario de la fábrica de gaseosas Facal, Inquiriría, molesto, la razón de mi visita, Le dije que necesitaba unirme al plan recién urdido, La barba rojiza de Gómez protestó el atrevimiento y su quijada rectangular, despegándose, carraspeó: << ¡Pendejo! >>, Mientras descansaba las piernas en sus constreñidos botines sobre el mostrador, ordenó al cantinero buscar un desayuno picoso, Ahogándose por engullir demasiada saliva, regurgitó que traerían a un espiritista, Ya lo había contactado, Una carta, redactada días antes, viajaba rumbo a la capital junto con el dinero solicitado, Pedí repensar la idea, Hernández Róbalo, sujeto temerario de casi noventa kilos, amigo del bocado provechoso con abundante bebida, interrumpió, al vociferar que me excluyeron debido a mi pobreza y como no tenía efectivo para iniciar alguno de los quehaceres planificados, tampoco gozaba de voto en la elección del proyecto, Gómez, burlón, asentía con su ridícula testa, Completó el veredicto: seguir una quimera, al bandolero que aterrorizó el transporte de oro y plata durante el siglo pasado, Requerí los antecedentes del visitante mientras el cantinero acomodaba, delante de mí, un envoltorio con barbacoa, La pareja de retrasados se interrumpió, Uno comenzaba el diálogo, otro terminaría la frase, Cierta polifonía gutural, bocas repletas de carne y tortillas, expuso que el médium, antigua celebridad y propietario de un circo, era capaz de horrorizar, sin el menor esfuerzo, a niños o viejas santurronas, Era un charlatán, Bebí copa de anís para tranquilizarme, Sabor azucarado del licor, mezclándose con el de carne salada, enturbiaron las intenciones de pronunciarles, al grupo de estultos, mi experiencia nocturna, Gómez rechinó los dientes: << ¡El plan no debía oírse! >>, La panza aceitosa, contenida por pantalones inmensos de Hernández, se inflamaba aún más por el sigilo, Demandó mi sueldo para cubrir el tabaco del embustero.

Lo allegué donde las vías pedregosas del tren separaron molino y sembradíos de maíz, capaces de ocultar, parcialmente, la máquina que arrastraba vagones encabezados por fumarolas, Sentado en la única banca metálica, ocultándome del sol, por lona agujerada, que fungió de terraza, esperé, Sentía helada la testa y hervir los brazos a causa de minúsculas perforaciones en el cobertizo, que dejarían entrar irritables centellas en mi piel hasta que el zumbido del tren advirtió su llegada, Vestía traje ridículo, de gala, El moño pésimamente ajustado recluía su garganta enrojecida por afeite diario, Antes de bajar se libraba del sombrero tipo bowler, Limpió con pañuelo manchado de hollín el chaleco debajo de un saco polvoso, Mis acompañantes corrieron hacia él, Pech, al intuir figura mística, talló los mocasines del falsario antes que terminasen de bajar las escalerillas del vagón y pisaran tierra garbosa, Rodó un inmenso baúl, Sudorosos a causa del frío seco y del calor sofocante por nuestras chaquetas, intentamos subirlo al carro de mulas.

Entonces miré tolvanera escurriéndose por la rambla, Desde ahí nacían imprecaciones: << ¡Ave María Purísima! ¡Sin pecado concebido! >>, producto de sedición enterregada, Unos botines que soportaban el cuerpo jovial del cura guiarían trinches, machetes y antorchas, Ordené soltar el beliz y escaparnos por la milpa, El espiritista, quien vociferaba no soltar los ajuares que tanto le habían costado, fue interrumpido, Una pedrada golpeó su cabeza, derribándolo, El peluquín aseado, que le disimulaba la calva, rodó lleno de piso, Cenizas de fogatas que los boleteros encendían, a la vera del paradero, todas las noches, con la intención de repeler escalofríos, lo recibieron, convirtiéndole en pordiosero, Intentamos levantar al visitante, que exigía el regreso de su bisoñé, En tanto, yo, miraba la cámara del revólver, Seis balas hundidas en el cilindro recién aceitado eran mis herramientas para impugnar a la turba de idiotas.

La sotana no le impedía trotar frente al batallón. Excitándoles para que nos rodeasen, tallaría la espalda del ente amorfo, descamisado, vestido con pantalón de manta, que soportaba, encima de su funesto lomo, un tonel lleno de gasolina. Presa del éxtasis inquisitorio, ordenó esparcir sobre nosotros el combustible. Llovizna viscosa, de olor ígneo, caía del cielo, No pude amartillar el arma. Temí que la chispa, originada del golpeteo entre martillo y tambor, nos vaporizara.

Escondido tras el beliz, suplicando una piedad impronunciable, aguardaría, Sabedor del futuro ajusté mirilla del revólver, antes de retirarme, presa de combustión interna, de este mundo, El muy cagueta, envuelto por sotana, adivinaría la bala dirigiéndose a su cráneo, Tiró la antorcha que portaba en su alargada mano y exigió, cobardemente, facilitar al nigromante, Le recomendé irse al demonio junto con el hervidero de feligreses amotinados. Elevaría mi voz sugiriéndole a la turba atollarse en el pueblo o que le destaparía la testa a su profeta, Inmóviles, aguardaron la fatal orden, Un guiño del ojo tuerto del religioso bastaría para saber de mi muerte, Preferí adelantarme, El balazo cimbró una mano con crucifijo, La flama devoraba mi ropa, Cuando el último hilo del tela cesó de arder y mi carne desnuda resistía el viento helado, supimos que eran mujeres ataviadas con ropajes masculinos, quienes se habían insubordinado, La robusta amante de Hernández Robalo, propietario de autobuses que unían al rancho ubicado en la cima del monte con el pueblo, era la potentada del tonel de gasolina atorado en su espalda. Ellas, ruborizadas por enfrentarse a impudicias que no eran las su marido, gesticulaban santiguaciones y las telas que minimizaron sus curvas serían desgarradas hasta convertir el tiro del pantalón en naguas, Al taparse la cara cercaron al herido que gimió rezos aislados, pedía un castigo ejemplar sobre el pecador, escaso de ropas, que lastimó a un emisario celestial.

Mis acompañantes guiados por el alboroto que ocasionaron los sombreros de paja izados al viento, convertidos en trenzas profusas, enmarañadas, hurtarían, silenciosos, el carro de mulas donde llevaba, aquella gente, la madera para incinerarnos, Rodó leña por el suelo al destrabar las amarras que mantuvieron cargamento atado sobre el vehículo, Treparían al nigromante, Las mulas, padeciendo fuste castigador, bregaban rumbo al cerro, Durante la huida, un trozo de graba, preciso, sacudió de nuevo la cabeza tibia del espiritista, Su cráneo, maleducado, fuera de contexto, sangraría copiosamente, Envolvió su cabeza arrugada con un chaleco manchado de sangre, antes que sus nervios lo acurrucaran, entre olor a pirul seco, adormecidos por la herida…

El granero de semillas, propiedad de Gómez, fortificado en la saya del monte, borrándose por viento y humedad que licuaban los menguados adobes, cuyo amontonamiento soportaba tejas de asbesto, nos sirvió de refugio, Le adecuamos un petate cerca del cuchitril de peones. Ellos de mañana recogían enseres de labranza antes de pisotear el barbecho con sus piernas raspadas, Soberbio por nuestra ignorancia, el visitante pidió que le afeitasen la descompuesta barba y su testa rota, mientras indicaba el ánimo que requería para intimidar a los provincianos: << No entender, hagan caso, entender >>, Mandó que buscásemos tomillo, mejorana, clavo, Rogué explicaciones antes de ir, solícito, al encuentro del hierbero y para asegurarme que mi casa no hubiera sido vaporizada como venganza, Antes de responder, susurraba: << Aldeanos pendejos >>. Exigió café para sanar la herida de su cabeza ahora oblicua, Valenzuela Durazo destapó un costal y le ofreció granos verdosos, Talló su herida para ratificar el líquido oscuro que brotaba entre los dedos. Provocaría amoratadas contusiones, Chillaba tan velozmente su nombre, que pedí lo repitiera, Una L inconfundible sería lo único entendible y del apellido recuerdo vibraciones de la A cerrándose.

Tentamos a Almanza Vakero, hombre macizo, de treinta y tantos, para que moviera su robusto cuerpo de la taberna y nos acompañase, Ochenta mil pesos que guardó en la solapa de una chaqueta de cuero despintada, bastaron para ser conejillo de indias, Caminamos junto a él, por media hora, examinando su voluntad, antes que los cigarrillos se apagaran y narices constipadas, ardientes, olieran la chimenea del granero, Tejas marchitas, adobes con maleza congelada, brillaban ante el fulgor de luna llena ardiendo, Fuimos presa de tos infecciosa que se repitió en todos nosotros, Una luz encendida por el médium alumbró la única ventana del almacén. Su brillo, tenue, borroso, deformaba tamaño y llegada de los comensales.

Adentro, la bodega nos gvareció, sin acoger, Costales de maíz y sorgo, antes desperdigados por todas las aristas del recinto, estaban acomodados junto al fogón que servía para hervir agua o hacer café, En muy poco tiempo, el espiritista, ya de aspecto tísico, había movido y limpiado aquel desorden por la falta de atención de peones, quienes trataban al granero como un establo, Ahora, el lugar era de culto, gobernado por cuatro cirios rondando la mitad de la pieza, Embalsames rancios, botellas de mezcal apiladas en la entrada y el olor de tabaco eruginoso, eran suplidos por humo de incienso mentolado que trocaba al efluvio pestilente de la bodega en uno floral.

No perdimos tiempo, Vakero, escéptico por acostarse y beber el preparado que le acercaron, se quejaba de viscosidad y mal sabor del tónico, Una cruz de plata acariciando sus manos, convenció a su garganta para tolerar: << Mocos de perro rabioso >>, Extendido sobre el camastro, perseguiría, nerviosamente, con la mirada, un péndulo que balanceó el espiritista de izquierda a derecha, Resistiría poco, Adormecido por la verborrea que acompañaba cada movimiento, languideció al referir un coyote erguido en dos patas, Sus ojos en blanco figuraron lo que el hipnotizador necesitaba, El tabernáculo flameó, De la garganta de Vakero emanaría sonido estertóreo, contenido por labios sulfurosos que mostraron restos de ceniza, La quijada pareció desprendérsele y cayó narcotizado, El médium gruñía algo incomprensible, al raspar el lóbulo izquierdo del poseso con su lengua azafranada, Las articulaciones parecieron haberse endurecido, dotándole a su andar una apariencia rocosa y torpe, Vakero circundaría el altar tentando la nada con sus dedos de granito, hasta quedar suspendido frente a cirios instalados para el ritual, Los befos del sonámbulo despertarían maxilares, evidencia de una dentadura escasa, blanquecina, que silbó el nombre de las casas del pueblo y sinuosos tejados, donde jaurías felinas reñían por el cadáver de una rata, Merodeaba la puerta de una casa con olor a ruinas, El médium intervino, queriendo saber el nombre, Como respuesta sintió una potente mano sobre su cuello, la voz de antiguas venganzas: << ¡Te petateas! >>.

Alcanzaría la gresca para zafar el brazo del cuello agonizante, Los demás me ayudaron, Tiraban de la espalda del hipnotizado, golpeándole costillas y abdomen para que soltara al decrépito pescuezo, Almanza, invencible, desnucaría al médium con solipsista estrujón en el gaznate, Redujo su mirada a un punto vacío, sin parpadear, Degluciones automáticas, provenientes de una garganta quebrada, perteneciente a la zona de la espalda y no más a la del pecho, quedarían apagadas por temblor de pies y manos, Entonces disparé, Una bala golpeó la panza de Vakero, Tomó postura fetal antes de salir despavorido, Por todo el local intentaba escabullirse del arma que lo acosó desde mi brazo, Pisotearía a los invitados, quienes, adoloridos, debatieron   si ayudarme o limitar por fuerza de voluntad, dolor de vientre y espumarajos, producto de la infusión que todos bebimos, Lo busqué en la penumbra, antes que perdiera la atención y un golpe repentino quebrase mis dientes, Sentí estacazo mientras el revólver se perdía en la opacidad del suelo.

Vi a sus patas amarillas rastrear al endemoniado, Se oyó un grito, Tubérculo había hundido sus colmillos en la nuca de aquél, Con ferocidad lo dominaba, Se debatieron entre los enseres de la bodega, Alguien lamía baldosas que separaban al piso de la tierra ardiente, Murmullos retumbando como ecos lejanos, permitieron una figura etérea, sin piernas y de talante aguileño, izarse junto al fogón, Vociferó que algunos de los presentes utilizaban las reuniones para verse a escondidas y desarrollar, acompañados del ulular del búho, el bestialismo, Gimotearía, burlonamente los amoríos de Róbalo y Gómez, maximizando también que… ocultaban a sus hijas en una cueva para yacer en sus brazos.

Inmóvil o aletargado sentía la delicada voz del espectro pasearse junto a mí, Su fragor acariciaba mi boca, robando, por fuerza, mi aliento, Memorias erróneas fluían verdaderas hacia él, capaz de hacernos responsables de cualquier ridiculez interior, advertencia o culpa…

Ardor, tras la nariz, justificó el inminente resfriado que se avecinaba, Gómez y Róbalo discutían junto al pirul, Arrellanándose en piedras irritables, gesticulaban, movían los brazos sin orden alguno, Grité y sus anémicas expresiones pasaron de la blancura al enrojecimiento, Róbalo acomodó el peso de su cuerpo en un palo que hizo las veces de muleta, Brincaría utilizando sólo la pierna izquierda, hasta donde yo estaba, Hurgué mi cintura en búsqueda del revólver ausente, Pidió, mientras golpeaba la cajetilla de cigarros, una verdad que negaría su aliento a fruta podrida, El tabaco entintó sus dedos cobrizos. Acentuaba sus frases al final de cada oración, en la última letra con un silbido, Tartamudeé a propósito, Quise evitar que los amantes me liquidaran junto a la bodega, que sin techo, humeaba, Gómez nos llegó, Sus labios confesarían la responsabilidad del incendio, Trató de ocultar cadáveres al achicharrarlos, Me salvó por nuestra amistad, Interrumpí demandando agua, Gómez se acercaba más, Extendió una ánfora con aguardiente, Bebí sabor de agave que descendió hasta mi estómago, El panorama se aclaró, observaría la parvada de zopilotes, quienes, danzando por los aires, reclamaban la potestad de nuestros cuerpos, Fingí amnesia, Sostuve que la mayor parte de lo ocurrido eran bagatelas, causa, golpes recibidos por el hipnotizado, Insatisfechos de que su recóndita historia fuese pública, fingieron aceptar mi versión, Subrayarían el olvido necesario, Al separarnos jamás tener contacto alguno, La muerte del pueblerino y visitante deberían quedar entre nosotros, Acepté, Si los delataba, ellos podrían jurar ante el magistrado haberme visto evocando a los difuntos. Ulterior a envenenar el caldero en donde abrevaban todos, vociferé en lenguas desconocidas, ruegos infernales, Prendí fuego al pajar, empleando una antorcha que regó calor en los costales de frijol y maíz.

Dos o tres horas demoré por una molestia que lastimaba mi torso cuando pretendía respirar, Perros muertos de hambre siguieron mi andanza. Evité toda concurrencia, Utilizaba suburbios con bardas caídas de adobe y piso cuarteado, orines que causaban grietas, Me sumergí en el portal Dimas, Lugar frío y húmedo, Roedores corrían entre huaraches y zapatos, Alguien tiritando de frío extendió la mano en señal de limosna, Lo conocí. Un petardo le quitó el ver durante la revolución: << ¡Ave María Purísima!   ¡Sin pecado concebida! >>, Su boca cerúlea agregaba: << ¿Un peso?

¿Valentín? >>. Defendí mi pobreza. Sacó la otra mano del gabán para intentar saludarme, Negué su cortesía, dejando al muñón erguido, cuyo amo lanzaba vituperios por mi falta de urbanidad.

Intentaría toser para suavizar mi garganta, Un zumbido, como de tetera en ebullición, opacó los pasos que se acercaron, Escondida tras la puerta dejó ver su pelo azabache recién alaciado, Corriente etílica que manaba del local destaparía mis fosas nasales, Me desvanecí en brazos débiles que intentaron frenar un peso superior a sus fuerzas, Lucía Tulsidas intentó subirme a una plancha forrada de cuero, Vi lienzos borrosos hirviendo sobre un fogón, Olían a ruda, Fregó mis costillas con árnica. Restablecería el aire al levantar mi torso con suma presteza, Nopales, saltando en las brasas de carbón terminaron en mi pecho, Vapores que inundaban al cuartucho mal organizado, parco, fueron lo último que advertí. Un anaquel repleto de frascos de vidrio y la mesa aledaña, oblicua, desaparecieron...

Las voces suaves e imperativas de Tulsidas indicaron que debía retirarme, Dejó sobre la mesa un pagaré, antes de guarecerse, tras el anaquel que separaba botica de su casa, Obtuve la chaqueta del perchero oxidado y rubriqué el documento, Vencería en la próxima quincena, Una leyenda quedó bajo mi nombre en el manuscrito: << Gente mitotera >>, Los pueblerinos susurraron amoríos entre la facultativa y yo, Grupos de gente invadieron la banqueta a mi paso, Eran murmullos: El pueblo completo me responsabilizaba del asesinato de Vakero, Mi nombre en diminutivo resonó en todas las esquinas.

Apreté el paso hasta topar los barrios, áreas empobrecidas que acercaban mi destino, Bisbiseos retumbaban en el pecho de mujeres harapientas santiguándose a mi paso. Traían canastas huecas y estampas de santos apretadas por sus manos, Me siguieron a casa, donde un grupo de hurracas... Los acompañó Rafael Vakero, quien, tendido sobre mi petate, observaba cómo su vientre abultado era la cúpula de una pareja de moscas que circundaban tal montaña de grasa, Preguntó si iba armado, Respondí que no. El hombre, jefe de "la ronda", exigió taza de café, Invitaba a su madre, hermana y descendencia, a permanecer afuera, junto con las otras, Obedecieron, Con trabajos se levantó, Postrado en el marco de la puerta bloqueaba el paso, Sus botas erizadas apuntaron hacia mí,

Acomodó la mano izquierda sobre la jamba, Su perfil dibujaría un ángulo retorcido de cuarenta y cinco grados, Intenté avivar el fuego y calentar agua para café, Retortijones que recorrían mi espalda baja lo impidieron, La madera chamuscada rodaba por tierra, cubrió al fogón con polvo, Vakero torció la cara antes de dar muestras de hartazgo, Me recomendaría nunca irme la casa…

Resbalaban manos. Sudor transparente escurría por bocio. Ordenó retirarnos. Lo detuve sujetándole brazo. Rogaría final apropiado. Arqueaba cejas. Inquirí talante del espiritista. Respondieron cachetes enrojecidos. Voz chillante: << Torcido como las raíces de un árbol, delgado, rodillas flexionadas, que avanzaban prestamente, ojos enormes, reflejo de lo circundante >>. Su chaqueta extrajo licorera. Profuso sorbo entre sus muelas.

Pijama de... Doblé mangas-bastilla. Sacudiría cobija almohadas. Temí la proximidad de un arácnido. Piernas con sábana. Resortes maltrechos colchón. Respiración hacía crujir entero. Avivé televisor. Punto blanco agrandándose. Olas de calor. Cataclismos infomerciales. Oración disco compacto. Nuevo Papa. Imaginaría olas. Arrogantes edificios. Frágil maqueta cartón. Voz del presentador. Poder curativo, agua bendita…

Rechinó puerta. Teléfono apagaría silencios, madrugada: << ¿Estará bien? ¿No? >>, Rodríguez atravesaba el vestíbulo: << ¡Nunca olvides L! ¡Tu padre ha muerto! >>.

IV

Advertencia:

Atolondramiento. Sinuosas interferencias. Patrón inconcluso. Brevedad. Sinfonía estomacal. Inspiraciones. Deposición. Miedo. Estiajes limosos. Anonimato deseante. Colon universal. Inconcordancias.

Dormitan en mi vientre sin explosionar, permitiendo ideas hambrientas, torrente de ansiedad. Las escucho y desfallezco por calles imposibles, unidas por galería de perros famélicos. Despilfarran su tamaño cuando los acaricio hasta tocar cielo estrellado. Me llama desde alturas. Neblina y lluvia levantan mi ropa: viento sin gravedad, cruz sangrienta que yace en cima, guía del santo, guardiana del espurio, cortada por bruma de mis ojos que difuminan sus contornos para convertirlos en termitas. Bichos se escurren por macadán como zancos de algodones de azúcar.

Pegado en pared enlamada lo miro desde arriba. Su sombrero tipo homburg me contó historia relente y profunda, ensordecedora. Escucho relámpago que ilumina su calva tiesa, como rodilla de cadáver. Mi corazón sale de su pecho. Farola parpadea sin mirarme. Luz sobre gato enorme, cerdoso, que destruye pilas de basura. A su vera montones de trastos inútiles, en cuya superficie perduraron reliquias de carne marinada con salsa de tomate. El felino intenta con su áspera y rosada lengua, menguar sabores de pescado en retirada. Permanezco a la deriva, al estancarme en el piso. Ventisca, que provoca en arbustos formados sobre banquetas, movimiento tan atroz que acerca sus copas al piso, me lleva tras hojarasca de cemento momificado. En aire florece una efigie torcida, ojos azules y piel nívea, angelical, cuyos poros brillan como osa polar. La lejanía humea encima de ramas calcinadas. Jesús pronuncia *La magnífica*. Maullidos apilándose sobre tejados, repiten, con polifónica voz, el nombre.

Entré por alcantarilla. Usaba tuberías como pasamanos. Era globo desinflado entre firmamento lluvioso: antesala del que todo empequeñece. Abrí puerta mordida por sales. Había colmillos de ratas clavados en metal. Pude ver ojos blancos. Iban contra mis zapatos. Mis uñas fueron probadas hasta el tuétano. Se fueron por tapa mal puesta que tenía grabado: 1951. Perseguí forma esférica que reflejaba milagrosamente una estrella. Mi vista apuntó hacia abajo. Osa mayor en tubos de PBC. Manos y pies se soltaron desde firmamento. Resbalé por filo de pared llena de mierda. Sentí cucarachas escurrirse —quisieron manto estelar que producían mis ojos—. Bregaba lágrimas mezclándolas con saliva venérea. Punta de alfiler me atrapó y fusionaría una nueva especie: ratas con patas de cucaracha.

Forma humana metiendo su cabeza ponzoñosa entre piernas es cuchitril de basura recién lavada. ¡Sin lo que engordaba su enflaquecida mano cuando lo entubaron! Arriba de gran protuberancia de cemento está mirando por donde yo vengo. Sus pertenencias: levita manchada de grasa, sombrero tipo homburg y lo que su madre le preparaba antes que saliera de viaje. Muerde una cola de rata chillante: << Viví como puerco >>. En bolsas de su pantalón recién planchado hay linterna de acero inoxidable que utilizaba para leerme cuentos de terror. Murmullos de animalejos rascando el empedrado amenizaron veladas cuando aún sabía leer. Usaba lentes que emitían luz sobre lo mirado. Brilla saco manchado de sangre y camisa blanca que exagera delgadez.

Sus manos tientan mi presencia. Dedo huesudo hacia ignoto visitante. Por las uñas salen gusanos. Cuando pregunto su nombre rebota el mío. La cara deja ver labios sellados por aguja e hilo. No puede reconocerme. El pesado tórax se desinfla. Lo siento como montón de huesos inflados por barriga fuera de lugar. Su abdomen voluptuoso aplasta montón de excremento que sale de los pantalones.

Fue del hielo por ebullición. Olor fétido venía con piernas de estalactita. Me miraron ojos recién hervidos. Pensé que estallarían. El corazón latió en todas partes por tubos de desagüe. Hablaba por el agua sucia de gran sed impronunciable. Labios pegajosos eran goteras enlamadas cayendo sobre mis hombros. Pensó en ser otra vez hombre. Había un virtuoso, capaz de descoserle la boca y reconstruirlo…

Con linterna en mano que ilumina tuberías, permanece en genuflexión. Cae soga tenaz, que resbala por escalerilla hacia desagüe: << ¡Sube! >>. Veo sombra fornida, cubierta por overol del color noche. Usa lentes profundos que vuelven enorme su mirada. Tiene cuerpo pesado y ojeras de quien trabaja de madrugada. Su hálito casi polar entra hacia alcantarilla para volver al drenaje agua nieve. Putrefacción escurre por mis espaldas trasmitida en brazos de hierro. Uno que otro edificio tiene ojos encendidos. Al apuntarme con sus azoteas, meditan si desmoronarse durante el próximo temblor o liberarse del viento que les arranca poco a poco la piel.

Torretas de emergencia volvían psicodélicos a quienes me detuvieron: violeta, índigo, verde, rojo, naranja, amarillo y azul. Solo niebla parpadeando nos separó. Alguien descansaba frente al poste de luz. Miraría cables que permitieron estancia-sueño a seguidilla de pájaros acicalándose para darse calor. Percibí su risa tetánica, figura encorvada que dejó llegar viento por la solapa. Explicaba a oficial hercúleo mi situación. Su mano huesuda entregó fajo de billetes desde su levita: abandonaría el pueblo. Ninguno de ellos quiso alargar ese ambiente invernal. Añoraron brillo del televisor o zumbido del aire acondicionado de algún carro, mientras habitaban la madrugada al degustar bocadillos calientes. Yo era causante de tal añoranza. Rodé por el piso. Sabía a pasto quemado. Botas en mi espalda olieron a indiferencia. Camillero tísico y malhumorado se acercó. Le temblaban las manos. Se raspó labio superior con dientes puntiagudos para darle color. Enmendaría con merthiolate y gasas mis talladuras. Abrigado por interior de la patrulla, testifiqué asientos manchados de vómito que aromatizarían mi ropa. Compartí lugar con enorme perro de espalda amarilla o pecho blanco. Indiferente, miraba por ventanilla una realidad tan borrosa que la debimos esperar hasta que amaneciera.

Frente a mi casa hay mole de acero. Aunque quieta y adormilada su fumarola gris le delata. Mantiene ronquido del motor que la hace contornearse sobre cuatro ruedas lisas. Descansa sobre charco de aceite y agua. La lluvia no ha podido limpiar lo que expulsa desde sus entrañas. Despertó cuando mis zapatos retumbaron por la banqueta. Mechones de granizo tiñen su gran ojo que transparenta a sujeto adormilado, metiéndose en chaqueta oscura — devoraba cigarro que empañó los cristales—. El conductor sonríe, arrellanado. Se apoya en respaldo cubierto por vieja camiseta de *Chicago Bulls*. Alcanzo la puerta que es témpano de hielo con olor a tabaco. A mis espaldas sopla viento con aquella voz desde la distancia: << Olvidarás. Alcantarillas >>. Mis pasos regresan. Subo por escaleras crujientes. Huelen a infusión de tilo. Arde la cocina. Cucarachas infestan paredes hasta meterse en agujeros del techo. La casa está vacía-sucia. Montón de trastos, huesos de pollo, tenedores ocupan sillones. Es como si sus pobladores ya no existieran o se hubiesen convertido en animales. Frente a mí hay un ventanal sin cortinas. Es el vapor que produce mi nariz su paisaje. Olor a uvas fermentadas y a alcohol quemado envuelven murmullo de día resoplando en lontananza. Debo irme.

Por rejas arrugadas, corroyéndose de óxido, veo cómo pareja de galgos se mordisquean patas mientras un vigilante revisa el periódico. Enormes pechos de roca que caen al suelo y figuras humanoides de mármol nutren pasillos. Mi guía es hombrecillo rústico. Lentes oscuros enmarañan su limitada vista. Ataviado con pantalón caqui y chamarra ajustada, veo su indignación entre dientes. Pide mis pertenencias. Anota el número, características de objetos antes que maleta se "archive". Estamos tras mostrador. A su lado hay teléfono y pastillero. Libreta donde escribe tiene garabatos insignificantes, que, convertidos en dibujos, dan impresión de ser cabeza de buey.

Habitación de cosas pequeñas: cómoda borrosa, colchón del tamaño de mi pie y librero con obras que caben entre mis dedos. Sillas fueron extraídas para darme más espacio. Jarra metálica, llena de agua maloliente, acompaña vaso que sabe a cobre. Todo a ras de piso. Cuando me acuesto, ventana que da al patio, parece demasiado alta. Es punto brilloso que se pierde en pared entintada con siluetas de campesinos japoneses. Trajeron libros que huelen a naftalina; están engargolados. Mi vista extravía más que su forma. Un velo ha caído entre renglones y mis ojos. Cada párrafo parece mancha negra rallada con extenuantes líneas blancas. Mis dedos no pueden mover esas hojas imposibles. Antes veía lomo negro y pecho blanco de historias que vivieron en papel. Ahora siento su presencia leerse: patas ligeras irrumpiendo en tranquilidad del pasillo. Gruñidos repiten tres veces al día lo que debe hacerse: << Tome el pastillero. La pastilla anaranjada a las 9 >>. << Hora de dormir: 10 de la noche. Apagar luz: 11 de la noche >>. Son tan monótonos que empiezo a sentirlos antes que rompan silencio de una que otra risa que sale de habitaciones. Cuesta trabajo escuchar. Si me agacho todo da vuelta y oídos se tapan.

<< ¿*Esdras* o *Números*? >>. Trágica genealogía resume casa hebrea. En mi pensamiento la repito. Voluntad divina me produce dolor de cabeza y vacío. Siguen leyendo. Nariz aguileña disimula ojeras en cuarto creciente. Pómulos saltones, cabello escaso, depravados laberintos que se pierden en rostros de gnomo. En vez de cabellos ha brotado pasto. Verdosidad que sale de su boca para acariciarme. Dientes son tierra mojada que raspa mi oreja. Nervudas manos buscan clavecines y trompetas. Están en todos lados —incluso debajo de tierra, por alcantarillas—.

Lo mismo es abrir ojos que cerrarlos. Mi frente piensa sudor invisible. Del cerebro escurren gotas saladas. Humedad sale de mis orejas y se amontona en almohada. Es una esponja recién humedecida. Nuca chorrea. Siento como si cayera en océano y me sacaran columna vertebral, dejándome como bagazo. Algo estalla en mi estómago. Padezco tanta comezón en ombligo que escarbo en él. Sobrevienen carcajadas. Piedra arenisca corriendo por garganta. Escucho maullido que sale de mi boca hacia ventana. Aparece gato que clava dos luces, par de flamas siniestras, de color amarillo, sobre este cuerpo tumefacto, que no le ofrece más regalo que risas sardónicas. Se pega al vidrio, acicalándose. Está tan hambriento como yo.

Casi muero. Vaso con agua irrigó labios de papel. Abrí boca lo más que pude para no atragantarme. Pero garganta se cerró: calambres en pecho goteando. Agua se volvió hielo afilado. Lo sentía todo cuerpo. Desde intestinos hasta recto. Eran cuchillas rebanando entrañas. Colchón y sábana parecieron recibirlas con esmero en forma de orina congelada. Mis órganos fueron expulsados. Quedé como insecto disecado sobre trozo de madera. Estaba tan unido a la aguanieve que alguien intentó sentarme y arrastré conmigo al colchón. Pesaba tanto que se necesitaron tres personas para insertar tubo maléfico que penetró sin lubricante en mucosa nasal cerrada. Encontraría a su paso cartílagos tiesos, sangre coagulada, bronquios desinflándose.

Soy frente al ventanal, repitiendo maullidos, tras peludo cuerpo, que necesita poseer a otro, de color amarillo con rallas blancas y patas grises. Su cola delgada que apunta al cielo me parece hermosa: la veo jugando con estambres. Lengüetea de un plato con su lengua rosada, suculenta; acarician su espalda. Como pago zarpazo en aquella mano velluda, gozosa, que voluntariamente ofrece la otra. Repta por debajo de mesa: << ¡Cosme! ¡Cosmetiquera! >>. Se lame garra, mientras plato lleno de carne molida soporta ronroneos y bigotes caídos. Jacaranda se rompe. Caigo parado, algo imposible, sobre césped húmedo. Misma mano cariñosa que acarició a tan bello ser, había lanzado martillo por ventana, rumbo a mi cabeza. Quebró brazo arbóreo donde yo estaba.

Tras almohadones intuí llovizna resbalando por ventana. Calores infernales vaporizaron habitación. Sentía espesura del agua casi muerta por los junquillos, hasta remojar alfombra: inflaba mi cuerpo. Avancé rumbo al pasillo. Reloj, cuyas manecillas, lentamente indicaron espesura de habitaciones color ocre, serían vigiladas por cortinas de granito, tan cuadradas que redondez de picaportes eran lo cuadriculado. Rostros geométricos, mal tallados, tiesos, miraban por dos hoyuelos bajo unos barrotes rigurosos. Fui hacia la grandeza de ese yo que acariciaron entre sus piernas rocosas: faldones tocaban mis ojos azules y bizcos.

Pasos de ceniza, como alfileres punteando esponjosidad del macadán. Mis nudillos se niegan a doblarse y un simiesco movimiento de pies demora casi medio día en colocarme sobre arbolada, cerca del templo. Enormes bloques de cantera, alineados disfrazan contrafuertes, que doblados a la izquierda parecieran venirse abajo. Amontonamiento de rocas convierte la guarida de Dios en montículo de idolatría. El gótico se presenta en dos torres puntiagudas. Hay musgo verde, pegajoso, que brota después de llover, para entintar cantera. A falta de ventanas solo permite leves agujeros cubiertos por rocas y cemento, que en otros tiempos fueron entrada del sol hacia un altar. Su puerta es de madera agujerada por jicote. En el interior ciclópea nave con enseres parcos: banca sin raspar o el brillo de algún cáliz escurridizo, con óxido, recostado en sagrario. La construcción lloriquea cucarachas por bóveda. Taciturnos ecos de luz apuntan a sitio opaco, cuya negrura casi regurgita el descenso.

Mis botas están sobre escalones de madera pudriéndose. Liberan aserrín al ser pisados. En la pared enmohecida: San Isidro Labrador cargando un cerdo de color negro o Jesucristo siendo atravesado por una lanza mientras sus ojos caídos apuntan a tierra y cruz al cielo —sus rasgos son exagerados—. Cabellera de Jesús no tiene una sola cana y espinazo de San Isidro mantiene a su cuerpo tan firme como si tuviese treinta años, a pesar de que su barba entrecana y sus grabas casi azules significan agonía. Otro grabado está agrietándose por humedad que difuminó sus formas: Jesús sin cabeza, borrada por lama, frente a apóstoles de túnicas verdes y piel insuficiente.

Escaños se volvieron cada vez más pequeños y escurridizos. Olían a grasa quemada. Mis pies apenas... Fui de lado, por pasamanos nervioso, que parecía desfallecer si mis dedos palpaban ese acero de chinches y pulgas. Sentí a esos animalejos depilarme. Disfrutaban cada folículo arrancado de mis brazos. Contrahuellas albergaban jaurías de rata que chillaron cuando les pisaba cola o la panza. Escalón de arranque tardaría en llegar. Casi no... Luz entre cada bisagra. Entrada o salida permitió aire fresco.

Meseta de ladrillo, entre cemento hubo escalones, al final una reja. Cada paso elevado significaba dolor que iba desde lumbares hasta nuca. Punzadas en cabeza se mezclaron con luces pegándome en pecho. Empujé la reja. Campo abierto: sembradíos de trigo seco y hojas de maíz crujiendo a mis pies. Hombre encorvado cuidaba su manada de vacas hambrientas. Sirviéndose de carrizo golpearía patas de animales que se negaron a comer hojas y vainas marchitas. Cerró los ojos para alcanzar a verme con mirada casi transparente. Ondearía barzón que arañaba piso fangoso para que no me acercase. Del pantalón deshilachado y camisa sin mangas (en el pasado las había tenido) sobresalieron uñas en vez de dedos. Quise saludarle. Perro amarillo, de minúscula estatura, con orejas puntiagudas, se interpuso. Sus colmillos mirándome provocaron que diera pasos atrás, entre surcos llenos de piedras-lodo.

Gritos deshidratados, al rojo vivo, detuvieron al animal. Pasaría de lomo erizado, cola levantada a orejas recostadas y cola entre las patas que liberó olor fétido parecido al estiércol. El anciano, por tal indecencia, libraba su testa plateada de sombrero casi podrido sobre el trasero del can: << ¿Qué quere? >>- Con dedo apunté un pico que se mezclaba con nubes. Era de tierra negra y pocos árboles: << ¿Quén? ¡Pinchi loco!>>. Perdí la atención. No me interesó su farfullar. Observé luna sobre firmamento rocoso, ajedrezado, que usurpaba cielo matutino. Aquel hombre sentó hoz y barzón encima de huellas de zapato antiguas, grabadas en piso. Levantó rústica cabeza, dejando ver cuello rojo con cicatrices de lado a lado. Deseaba mismo fenómeno astrológico que mi avergonzada boca nombró. Entonces aproveché: << ¡Voy! >>. Se echó a reír. Enfurecido hizo brillar raíces amarillas que iluminaban su boca. Ictericia en sus ojos verdes casi invadirían iris al decirme: << ¡Eres! >>. Tomé roca, semejante a esponjas de baño y aticé su frente con ella. En postura fetal: << ¡Échatelo..! >>- Voz se cortó. Sentí tremenda mordida. Perro se arremolinaba entre mi tibia y peroné. He olvidado si era sonido de cabeza peluda del animal, al padecer puñetazo, loque hizo crujir mi mano o mi pierna rompiéndose ante colmillo triturador.

Mis zapatos fueron perforados por gruesa y torcida espina. Raíces de espesos arbustos, pegándose a escasa tierra, sobre camino, intentaron buscar agua en mi cuerpo. Troncos secos de extintos abedules y jacarandas raspaban piso con brazos de termitas. Algunos habían tenido hojas verdes ahora petrificadas, capaces de abrirme testa con leve contacto. Lo vivo eran picaduras de insectos como agujas, escozores que dibujaron manchas sobre mi piel. Había hojarasca y breña por todos lados hacia la cima. Cadáveres de pájaros congelados en ficticia lontananza fueron algo inasible. Pendiente se volvió meseta, albergue de suntuosas y malévolas fincas donde vista me traicionó. Algo vagaba intranquilo cerca del pozo que, supongo, nutría de agua la casa. Hecho con piedra y cemento, aquel triste contenedor era lo único que no estaba fermentándose. Ser hambriento daría lugar a su sombra. Aullidos acompañaron transformación. Otra cosa se pintó en barrancos. Escuché al viento en estampida, aterrorizado por gigante hecho de oscuridad.

Frío abrazador cobija mis huesos. La cima, en donde habitáculo inverosímil pernocta en sus faldas, dirige al viento a mi piel por cada resquicio de poros abiertos. Musgo y vapor de fruta podrida aromatizan el lugar sin aire. Polvo se vuelve gotitas de hielo. Es escarcha que invadió puntas de rocas para decorar brazos de árboles sin hoja. Soy cueva, hogar de animales colgados. Explotan ciempiés como ideas olvidadas. Calor de sangre vaporizada se escurre por paredes. Mis párpados se cierran, la entrada termina. Es como si yo-gruta tuviera gravedad hacia el centro de la tierra. Pestañas en medio sin sostenerme.

Mis dedos atrapaban grillos y lombrices, eran néctar entre mis dientes. Sus patas fueron hueso de la vid y sus ojos minúsculas semillas de fresa. Cabían por garganta del tamaño de cuneta. Pude meter ahí cabezas de murciélago que tuve pegadas en espalda. Cascabel de serpiente enroscada frente a mí, que esperaba movimiento para atizarme mortal golpe, sirvió de salero que aderezó mis vértebras. Comí entrañas llenas de guano, fábrica interminable de eso que explotó: gripe que revienta como botón de flor. Los empalaba, usando alas maltrechas para volar encima de esa propiedad incierta, sembrada en territorio donde lo aun vivo lloraría sobre la tierra.

Azotea, hogar del aullador, ostentó carne húmeda, cebándose en hornilla alimentada por carbón que lanzaba fumarolas, grasa quemada, mientras puñado de zopilotes sin cabeza persiguieron olor. Llovió. Metros antes de caer al piso o tocar mis cabellos, hubo granizo. Pudriciones congeladas. Orines sobre mi ropa. En cielo dos lunas arderían en sol débil al oriente. Quejidos estentóreos vibraban atrás del monte y pequeña luz, recién teñida de rojo, que flotaba, hicieron temblar casa recargada en piedra. No tenía cimientos. Paredes iban a ninguna parte, sin puerta. El miserable debió meterse en otro tiempo.

Forma encorvada, atroz, emergiendo del umbral: por agujero que comunica azotea con segundo piso. Misma levita tapa enjuto y desmejorado torso como si no existiera más. Hombros tiesos de maniquí sostienen manos artríticas que toleran peso de cubeta. El insaciable, tendido de panza sobre piso enterregado, lanza chillidos mendicantes, como si misma parca lo visitara. Aquél finge no verlo ni sentir lengüetazos en botines manchados de lodo. Disfruta engañosamente de los astros, clavando su mirada en cráter lunar que analiza mientras rebaja atenciones del que saliva ante aroma suculento de cubeta. Por saberse ignorado quiere mordisquearlo todo. Recibe tal puntapié que tarda en recobrar la respiración. Su columna es aplastada por tacón de zapato. Ufanado ante superioridad, lo ve con indiferencia, a pesar de que el golpeado ya lo perdonó. Vacía desperdicios en periódico que extrae de su levita. Antes de acariciarlo le llama: << José Pech >>. Huesos amarillentos de pollo y tortillas rancias se mezclan con saliva impregnada de sangre. Pech parece renacer. Poco a poco el pelaje deja de serlo. Las patas traseras se convierten en piernas con cinco dedos y el lomo magullado en espalda, con gran moretón, que nace en lumbares, termina cerca del ombligo. Gruñidos son voz varonil. Colmillo puntiagudo rolle huesos de oro encima de desperdicios. El otro ríe, como si nada. Dijeron que se matarían.

Otra sombra más rastreó esa con levita y cabeza de buitre. No se parecía a la bola de pelos que acechaba acantilados, mitad hombre y mitad... Sus manos de trapo buscaban a los otros dos. Tenía abdomen abultado. Ojos y boca cocidos. Estaba calvo, con barba de ancla. Su tez adelgazada era como si pómulos fueran tapiz de piel tiesa, de muerto. Dedos orondos, saliéndose del zapato, dejaron ver callosidades antiguas, sobre muñones en lugar de uñas. Pech lanzó destellos rencorosos hacia el recién aparecido. Tomó escoba de palma por mango rodeado de alambre. Fue a dar en espaldas de ese esqueleto viviente, quien barrería por el techo con escoba, asintiendo   rudos mensajes del capataz. Irrepetibles ojeras y andar delicado pusieron sobre aviso a Pech. Lo olisqueó intentando darse placer con sus piernas. Dientes empequeñecidos corroyeron aún más una tibia a penas cubierta de carne. Apagaban la luz.

Manzanos con zarzamora me producen náuseas. Olor a naranjo es tan infame que se vuelve podredumbre en aliento. Prefiero bigote de ratón y patas de mosca, cráneo de algún conejo. Cerebro me sabe a nuez de castilla. Piedras son como hielo inventando agua. Mis dientes se quiebran. Encías con sangre arrancan pantalón. Ha menguado herida que ya es negra. Vellos son colas de lombriz incrustadas en piel.

Guijarros y estalactita se convierten en polvo cuando machaco raíces secas para brebaje. Corazón late tan rápido que mi vista tamborilea, al producir que cinturón de tierra se una al cielo. ¡Puedo escuchar su risa irónica que licúa mi sangre! ¡Es imposible pararla! ¡Moriría! Retumba desde pies hasta cabeza. Palabras resoplan en tímpanos. Retortijón estomacal. Torrente de bilis grita su nombre. ¡No puedo respirar! Brazo desnudo de árbol seco me detiene. Giran dos espirales y su aura en altura. Exequias de nube huyendo. Su giro confunde mi vista al estacionarse en el sol que nace.

Aliento rancio aguzaba sabor de lo que dormita. Luciérnagas atontadas dirigirían su lengua de buey en mis labios. Sabe a agua de manantial al mordisquearla. Le doy asco. Mi sabor es de rata podrida y el suyo de jugo de uva.

<< ¿Dónde estoy? >>. Bulto amorfo se calla, postrado justo a la mitad de arbolada seca, balanceándose. Cabeza invisible, nuevas interrogantes que evado.

Me invitan a seguirles. ¿Cuántos son? Guían mi apesadumbrado andar. Es rumbo de relinchidos de caballo con saludo incompleto por rústica voz de mis captores. Preguntan dirección y señas de mi casa. Niego cualquier respuesta al girar mi dislocado cuello. Se evapora apenas reconocible interés en ellos: ropa gastada y zapatos amarillos de trabajo llenos de estiércol. El de mayor tamaño carga costal polvoso, lleno de mazorcas asomadas por gollete. Su acompañante raquítico, enano, más viejo que el otro, hurga con sus ojos felinos mi ánimo. Pregunto nombre del lugar en donde había pernoctado. Se rascan costillas o palmas de manos con uñas repletas de pasto seco, como guijarros que arrancan maleza de tierra. Dicen que maíz y cebolla fueron destruidos por epidemia de arbustos, nogales, quienes, sembrados masivamente por ardillas, evitaron que otra cosa se elevase. Al limpiar sus dientes con palmilla que recogieron del piso, obviaron su residencia entre aquella planicie. Murmullos sobre antiguo pueblo, donde vivía una estirpe, llamada… Agradezco sus intenciones; pido atajo más cercano. Voces incompletas quebrándose revelan identidad, nombre parecido a muerto como yo: << Hasta luego >>. Sin irse esperan. Libero mis bolsos de baratijas para finiquitar sus servicios con lapiceros rotos y reloj oxidado, herencia de mi padre.

Empalizada, cubierta por maleza y escombro, antes hoguera, oscurecida por lluvia que apagó hojas o troncos, mostraría camino de ceniza. A lo lejos subsistía campanario, adobes con tejas rotas. En medio de bruma hubo jacarandas desojándose, sembradas en línea recta a propósito. Al fondo había zaguán despintado. Polillas goteaban del burlete, por el entrepaño en movimiento. Pareció cascada de vida. Busqué llaves en mi chaqueta. Era de noche. Luciérnagas revoloteaban piso sulfuroso. Una llave precisa, del otro lado, despertó cerradura. Se abrieron dos hojas de metal podrido, liberarían forma escuálida, con bastón y lámpara en mano cayendo ante mis ojos.

Hace mucho que olvidé su sabor. Mis dedos torpes se clavan hasta que la semilla les detiene. Luce como pelota amarilla. Extintos molares son rodillos dispuestos a perforar. Los anima mi quijada torpe, de encías convirtiéndose en dentadura. Montones de sangre cuajada se desprenden. Escupo las sobras encima de casa que empieza a tener relieves o profundidad. Mi saliva separa ventana del colchón y taza de té sobre cómoda. Ya no parecen misma cosa. Trato de sincronizarme con manecillas detenidas sobre la pared. No sé si sol viene de noche y luna por la mañana. Tengo en mano puño de dientes y hueso partido en dos.

Soy refrigerador. Carne congelada y pedazo de pastel expulsados al piso, montículo de porquería y pudriciones. Jamón rancio, queso pegajoso escurriendo suero de mi boca.

Cubrí pasillo a hurtadillas con mi botín sin mover ápice de polvo. Ronquidos o desvaríos por picaportes. Carcajadas amenizaron espectáculo de tapices cuadriculados y vendavales con sabor a arena: rechinido debajo del comedor, una cueva. Sobre mantel boronas de pan, vaso con leche mirados por reloj de pared; sus números romanos parecían regurgitar yogurt y las manecillas detenerse. Péndulo acechaba de lado a lado. Mis orejas iban de izquierda a derecha. De la caja salió el segundero. Lo detuvo vidrio que protegía mecanismo y caja de madera. Hui tras su eco.

La calle está vacía. Faro cuelga de poste quieto. Mosquitos adorándolo como a Dios, revolotean tomados de alas alrededor de esa luz que pusieron humanos para terminar con oscuridad prehistórica. Cae sudor del faro por mi frente. Nubarrones cubren cielo y luna, negándose a bendecirnos con lluvia. Bendición que dioses arrojan en su mortal benevolencia, para que larva de fiebres hemorrágicas enciendan piel, no llega. En su lugar mandan al felino rencoroso que alumbra sequedad con sus ojos. Me desprecia desde barda. Espía mi recorrido clavando mirada azulada en mi sombra. Bigotes delicados vigilan su andar de malabarista sobre botellas de vidrio cortadas por la mitad. Patas llenas de goce lo reconfortan.

Banqueta hirviendo. Quise perderme y sentirla. Tan unida a la carne estaba que parecía gran callo. Lancé zapatos hacia carro tuerto. Rines estaban solos, sin parabrisas o cofre. En lugar de llantas estepicursores rodando hasta silla con tendero...

Fumaba cigarros sin filtro a pesar del calor. De un salto alcanzó mostrador. Era sujeto de cincuenta y tantos, recargado sobre cajas de chicles, cajetillas de cigarros, resumidas golosinas, pasta de dientes, cacahuates japoneses. Alejaría calor al tallarse con franela. Lustraba cabellera entrecana con peine sólido que brotó de bolsa trasera del pantalón. Hundiría su mezquino cuerpo en agujero entre pared. Encendió foco chispeante. Fulguraron rechinidos, cajas maderosas chocando unas con otras. Sacos con jitomates y pencas de plátano colgaban en ganchos desde techo. Puso sobre el mostrador una bolsa de pan de caja, jitomate verde y aguacate. Escuché máquina que rebanaba jamón, al matamoscas que reventó cucaracha —tronó como barreno—. Arrojaría cuatro monedas de cinco pesos. Él fingió saludarme al tocar con sus dedos torcidos la punta de un sombrero inexistente tipo homburg.

Perros acechan pedazo de salami que me regalaron. Se habían escondido en panza del carro destartalado al cerrar ojos ante oscuridad para no verse. Escogieron noche, cuando nuestros sentidos son débiles, para robar. Su pelaje se crispa y colmillos brillan, atemorizando cualquier transeúnte que posea oloroso manjar. Prefieren carne al pan. Quedó su aliento espumoso tras de mí, junto con cadena casi infinita de patas que utilizan de resorte el pavimento y la luna de guía. Son navíos veloces empujados por brisa cálida que brota de sus hocicos Aprieto el paso. Mi objetivo es gran pórtico de metal. Tiene puestas dos chapas que erróneamente cerré. Fachada incompleta, mal pintada, con pedazos que dejan ver ladrillos agujerados, donde pernoctan jicote y avispa, se vuelve del tamaño de la cerradura.

Mordida detuvo ojos vaciándose en envoltorio. Lo arrojaría lejos para que atendieran su olor. Algunos debatieron botín entre gruñidos y mordisqueos. Otros interesados en mí se divertían al atemorizarme. Colmillo raspaba de repente mi pelaje o saliva rociaba mi cara. Esgrimí garras y ojos tan profundos que alcanzaron a ver luz encendida en casa. Humanoide descorrió cortina y dijo: << Lo tienen cogido del lomo >>. Salté encima de ellos. Ante crujir de dientes el impulso me llevó hasta la ventana.

A la tierra le costaría germinar semillas y mi espalda las aplastaba aún más. Césped era polvo verde en mis narices. Lo exhalé como mosquitos. Su andar fue lento y agitado. Desde escalera del sótano gritó: << ¡Encontraron muerto a Pech! ¡Alba! >>. Aspiraría al dar enormes y ridículas bocanadas de aire sulfuroso, de mayo, que, por gran densidad no cabe en pulmones. Mi padre buscó justificaciones. Disimulaba a Lisandro del muerto. Intenté tomarlo de solapa de su gastada camisa. Había adelgazado. Toqué cuello tubular, rico en vértebras y cartílagos gelatinosos. Pareció ignorarme. Bajaría a la cava, guiado por brazo tremebundo hacia el rincón de cómoda, donde botella preferida de aguardiente nutrió ese gaznate cadavérico, propietario de yugular explosiva.

Noticia recorre tabernas y mercados por cada voz inpronunciable. Antorchas desfilando tras ventanal son lo inevitable: alguien que gozó debe... Clamor popular lo implora. Su voluntad es el puño iracundo que tensará cuerda del ahorcado. No perdonan botella descascada que terminó en cuello de Pech, al confundir su diente de oro con garganta sin forma, llena de vidrios. Tampoco haberse perdido entre monte y buscar finca imposible, sobre acantilado: olía a espectro al arrastrarse por matorrales, soportó aguijón del mosco; a veces era gato montes o simple humano, escupía pedazos de muela y huesos de durazno; sangre goteaba por lengua intangible, hacia diente de oro o gaznate de botella rota.

Pech anunciaba horas antes —cuando terminó de separar alfalfa de la maleza— querella con Alba. Estaba harto de tretas y arrogancia. Su lenguaje caduco le pareció simulación: embrujo sobre uno que otro estulto. Desde su llegada, templo, antes abandonado, era hervidero de gente. Veladoras arropaban a José de Arimatea, rosas y claveles a guadalupana. Pech finiquitaría tal embelesamiento. Secaba sudor de rostro agrietado entre maldiciones contra Alba. Pañuelo quedó amarillo, originalmente blanco, debido a enemistad con agua limpia — era mal tolerada por su cuerpo durante lluvia, prefería su lengua sulfurosa algún trago de café o cerveza—. Lo alcanzó en *El infierno*. Ahí pernoctaba su contrincante, anestesiando por elocuencia a torva de ebrios que bendecían cualquier idea si su boca maloliente era hidratada por un trago.

Si se encontraron nadie lo supo. Más bien hablaban de la noche ciega y granizo convertido en lumbre blanca, que hizo brillar a dos sombras a la intemperie. Parecían montículos de nieve derritiéndose junto a barda de adobe, llena de agujeros, que amenazaba repetirlo todo ante el golpeteo constante de voces. Los acechó felino bizco con ojos azules. Había perdido interés en gata, níveo pelaje, que jugueteaba en casa, tras ventanal, con propietario: entrecano, arañado por garras insatisfechas de aquel animal que cedía a ridiculez humana. Ella, bajo un sillón, quiso pollo o vísceras que aplacasen su celo. Aquel hombre, todavía con piel viva debido a ataques felinos, escuchaba estrépito. Corrió a ventana —gata entre sandalias, zapatos malolientes, bajo el sillón— y dedujo botella que algún beligerante extrajo de cantina —nadie sabe cómo lo supo— o de botella de Coca-Cola tirada en piso, que mano huesuda y precisa, al verse superada en dialéctica, vació para clavársela a su oponente, dueño de diente de oro iluminado en cada relámpago. No hubo grito de dolor. Vidrios usurparon cuerdas vocales. Cadáver fue dique ante drenaje: bolsas de papel y sabritas, colillas de cigarro o envoltorios se atoraban en camisa cuadrada, entre boca descompuesta liberándose de sus dientes.

Pasos se escabullen por callejuelas como hélice con antorchas, sarape o rebozos. Flotan sobre viento tan vil que ojos lloran cuando uno se asoma a la calle. Me tapo nariz con cortinas. Huele a plástico quemado. Nube de polvo deja marcadas llantas que acaban de pasar. Luego se las lleva allá donde muchedumbre se mueve. Tumulto con cubre bocas instala vendimias a la vera de barriles ardiendo. Merodeadores descansan junto al calor de ponche o ante potaje del caldo de res —madrugada cae sin noticias del villano—. Rumor persiste. Hallaron pedazos de su levita en uno que otro espino, por monte, a donde fueron halcones y rata de campo cuando ya no se podía respirar bien en caserío. Aquí no hay fábricas ni tantos vehículos, pero neblina tóxica viene todos los días. Refinería cerca alimenta enormes motores que escupen muerte. Sus perseguidores no entienden como Alba pudo soportar aire tan dañino. Para ellos el mundo termina afuera del pueblo (saliendo de él había un vacío o mar infinito de azufre).

Luces lo quemaron todo. Camino de sabinos fue cementerio de troncos y raíces carbonizadas. Necesitaban encontrar al espíritu de Pech entre tierra humeante. Querían sabiduría del muerto: sus historias. Todas ellas mágicas, como existencia de estrellas o cerros. Había una de tan hermosa montaña que viajeros jamás volvieron. Se enamorarían al escalar cada piedra, de cada gruta. Si el lloriqueo del viento o alguna sonrisa fantasmal les revelaba peligro de seguir, dama de noche cerraría sus ojos al mirarla. Eran todos los destinos del mundo presentándose ante viajero. Cada uno hablaba de su vida como forma de lluvia al caer de las nubes con sus múltiples destinos.

Mi lengua fría parece moneda abandonada. La punta de sábana afila mis pies como estacas, escribe en colchón acuoso secreciones olorosas y amarillentas. Leo que el villano perdió sus tardes en esta casa. Chillidos o lamentos, pláticas estentóreas, surgen por debajo de mi cama hacia la calle, volviéndose lugar imposible de estar. Mi padre está bañado en sudor, junto al televisión que excreta himno nacional y cañón antiguo cubierto de pólvora: << ¡Inocente! >>. Olvida mi presencia. Intento sumergirme en pretéritos acontecimientos, como aire limpio de hace unos años o finca del abuelo, visitada por coyotes que marchaban en dos patas.

Vocinglería hurga campo asfáltico, trocada en avanzada. Eran pobladores en pleno disfrute: libaciones de cabrito y pulque recién curado para invocar al asesino. Casas de campaña improvisadas con sábana y cobijas: receptáculo de cuerpos al acercarse, seguidos por seres redondos, velludos. Panza colgaba de sus entrañas. Algunos tenían calcetines rotos o botas sin tacones. Iban de casa en casa, tapándose a veces con rebozos o piel de borrego llena de sangre. Producían montículos de basura. Envoltorios de pan o cascos de cerveza eran apilados para que no obstaculizaran llegada de nuevos visitantes. Cargaban animales muertos, a los que de sus cabezas sobresalía lengua y chorros de sangre del cuello. El cura estaba al frente, sobre tapanco. Hombre entrado en los cuarenta gozaría su ventaja, que le permitió elegir antes que cualquiera. Al perder sotana el pecho se mostraba hirsuto, potente. Maldijo bolsas de plástico o botellas vacías. Llamarada de su boca alimentó hecatombe. Flamas y humo sobrepasaron su altura.

Escucho como si la puerta hubiera tirado picaporte y luego se lo tragara el piso. Voz grazna tras marco oxidado que separa pasillo de aposentos. Presencia insiste. Toca brevemente. Siento corazón rezumar por todo cuerpo, como si fuera a morir. Mis pensamientos se vuelven eternidad. Palpitaciones llevan tanta sangre a dedos de mis pies que se tornan puntas de cerillo. Giro picaporte. Es Luis Escudero. Su rostro estalla sobre mi cuarto. Busca lo que desconozco. Tiene fatídico presentimiento de vista turbulenta, incapaz de separar cuatro paredes de mis ojos. Luis avanza. Ya no distingo piernas de sus manos. Convertido en mancha amorfa se pierde al bajar escaleras. Mi vista destruye orden de retratos —herencia de estirpe— que adornan muro por donde empiezan escalones. Porosidad inunda vidrio recién lustrado por sirvienta, que esconde siluetas vetustas, llenas de pasado.

Televisor vacío dejó salir luz blanca que rellena mis ojos con ebulliciones, pupila dilatada. Ardieron tanto que los cierro. Él ocupa casi invisible sofá. Imagino sandalias enormes, difuminándose por cadavéricas piernas. Sus labios temblorosos, casi borrados, gotean líquido amarillento, etéreo, que viaja hasta el techo. Intento decirle algo. Exige silencio: << Estuvieron juntos. Deambulan sobre la sala, confrontándose. Vituperios y empujones los enrarecían. Se criticaron, uno por despilfarrador y el otro por tener amistad tan ominosa que la calamidad llegaría en cualquier instante. Cachetada sobre el más joven, que enrojeció su piel transparente, hizo al otro caer sobre una panza inflamada, contraria a su débil cuerpo. Tallándose pómulo amoratado, escuchaba el fin del negocio del licor. Uvas y agave se convirtieron en ramas secas al nombrarlas. Las barricas no fermentaban. Produjeron agua con sabor a madera podrida>>...

Seríamos como esas melancólicas formas que recogen desperdicios en esquinas, custodiados por jaurías hambrientas de esqueletos cuadrúpedos. Pero mirada sardónica y convenciera de mi padre, lo delató. ¡Era una trampa! Pantalones ajustados, muy lejanos a su costumbre, ligados a talle prominente, por mecate de tendedero que lo ciñe a propósito, eran disfraz. Su agónica calva cubierta por gorro multicolor fue tan exagerada y ridícula que debió meterla en la basura. Ensuciaría espesa barba pegada a su cara que delineaba ojos saltones, sin parpadear, como del final de su vida. Balbuceé: << Nos van a fregar por culpa de Lisandro >>. Lo puse al límite: << Van a empalarlo. Después a nosotros >>. Acomodé mi oído hacia la puerta, diciéndole que escuchara barullo de la calle. Clavó sus ojos en palo de escoba tras refrigerador y en florero brillante, recargado sobre marco de la puerta del vestíbulo. Su mano caía por debilidad o puño que guardaba en bolsa del pantalón lo acusaron. Quería golpearme, pero su decrepitud era tal que su boca goteaba en piso, como la mirada.

Trabajosamente llegaría al cuarto. Mis manos descansaron sobre repisa llena de polvo hasta tocar maleta. Estaba llena de cucarachas. La había usado para guardar juguetes. Insectos devoraron el cierre. Llantas de moto o la cabeza de algún muñeco eran su última cena. La maleta fue regalo de mi padrino —de color azul y un desaparecido cierre plateado la dividía en dos— a quien nunca conocí. Pensé abarrotarla de ropa. Me decanté por ciertos libros de la biblioteca. Los envolví con lienzos y les até con cordones. Esperaría a que televisor se apagara para escabullirme. Sonó teléfono y la voz cada vez más débil de mi padre colgó del auricular. Daría unos pasos. Alcanzó caja fuerte debajo del fregadero de cocina. Cerrojo chillaba por falta de tacto. Oí manojo de billetes hacerse bola.

Ratas y cucarachas roen alcantarillas al llamarlo. Pisa larvas con pie semidesnudo. Noche resistiéndose al amanecer constante, permite sombra de Luis Escudero fuera de mi ventana. Escueta figura intenta abrirse paso entre bruma humana que borbotea de casas. Casi menosprecian su andar cansado. Parece estatua de barro, torpe, porosa, que se mueve confundida entre esos que se disponen a hacer oración, moler trigo y maíz en molino o a sacrificar animales que se volverán bistecs. Le reclaman su aliento etílico y su amistad con cierto asesino. Alguien lo empuja. La vituperada efigie cae bañada por escupitajos. Un desconocido frena tal alborozo que glorifica furia ante enfermo maniático, agonizante. El altruista, de aspecto felino, levanta al recién derribado. Billetes y monedas son recogidos por su mano acogedora. Ofrece a mi padre potente hombro que le sirve de bastón. Recorro mosquitero. Escudero regresa su mirada. Aparece encima de él la mía. Intento gritarle, pero sus ojos abiertos sin retina, hundiéndose en cráneo, convulsión de sus labios decadentes, secos, no pueden moverse ya. Perdido el gorro, oculta alopecia con falanges artríticas, mientras su apologista interpreta: << No molesten! ¡El no mató a nadie! >>.

De mi chaqueta brotaba pastillero que rodó por alfombra. Me hinqué para devolver a su sitio pastillas escondidas bajo la cama. Eran dos semanas de tratamiento. Intentaría con dos que inmediatamente me adormecieron. Palabras repetitivas, nacidas de la boca de mi padre o de Alba aderezaban mi aliento. Apareció majestuosa silueta tras cortina. Espiaba por la ventana. Sus anteojos giraron de un lado a otro al compás de transeúntes que marchaban con picos o machetes. Rechinaría escaso y podrido molar. Royó labio vítreo con encías membrudas: << ¿Ocurrió algo? >>. Despobladas cejas grabaron dos arcos en su cara. Acercó taburete que yacía escondido por oscuridad y se sentó a mi lado.

V

Advertencia:

Escucharía esbozos. Alguien susurraba. Imagen pretérita que fue. Ignoto semblante. Cabellos. Labio. Ojos mal cerrados. Vapor entre bragadura. Tan áspero que bruñe lo imposible.

Invierno. Vereda está congelada. Árboles resecos. Sol quemó la tierra. Reventaría comisuras por donde maleza germinaba. Dejó vacío al mundo. Aunque me acompaña calentado mi nuca. Puedo sentir aliento putrefacto de ella. Como luz solar maloliente. No hay agua para lavar la boca. Todo sabe a sal. Es veneno por las mañanas. Hacia mi nariz. Nadie habla. Parecemos dos montículos de basura tirados en la calle. Más basura. Son las seis de la mañana. Todo está tan sucio. Soplo hacia un guante. El mismo aroma. Podrido. Resbala hasta convertirse en mis rodillas. Casi las dobla. Intenta detenerme. Por cortesía. Ante un charco congelado. Refleja altillos de pet. Ardiendo en mis ojos. Lo soñé. Enciendo un cigarrillo que mi acompañante serena. Recordamos el día que mi tabaco casi incendia un libro al intentar usarlo de cenicero. Hay olor a níquel y alquitrán en todas partes. Fumar es redundante.

Parada de buses. Huele a quemado. Tienta pópulos. Intentaría difuminar ojeras de su rostro brillante. Lleno de granos con azufre. Nacimiento de marcas oscuras. Antifaz en mirada felina. Rompe el cansancio un pitido. Dos luces blancas recorren el pavimento resbaloso. Tiene grabadas en sus lados antiguas leyendas. Me duele la nuca al ver esa letra torcida. Regurgitan adagios del pasado. Posturas evangélicas. *Gospel* resoplando en mi oreja. Desde que llegamos me hablan para designar toda visión cristiana. Distraen el malestar de los migrantes. Es un poco de su cultura. Abre la portezuela. Una escalerilla. Recién bruñida. Evidencia que el chofer despertó horas antes que nosotros. Suben tacones recién entintados. Les sigo.

Moles de concreto arropadas por neblina. Parecen torres de Babel perdiéndose en nubes de cobre. Ventanas se multiplican entre bruma. Segundos enteros por la ventanilla derriten ese panorama de luces encendidas. Árboles secos y pasto bilioso. Petróleo que sale de la tierra. Ella señala con el dedo un punto ciego. Es océano cada vez más cerca. Oleadas de basura casi tocan el malecón hecho con pet y latas de aluminio. Su voz me dice que vivimos entre majaderías. Espeta un recuerdo. Intenté parar el agua con mi pisapapeles. Gemía imprecaciones a Neptuno. Dios romano. Mientras un torrente de fichas de plástico rasgaba mis pies descalzos. El agua royó los cimientos y casi nos sepulta. Golpeaban la puerta. Era un hombre de mar. Sus fauces del lobo gris me recordaron: <<La gente salva de la deriva>>. Nos jalaba con ganchos…

<< Jamás entendí el placer que la gente halla cuando se levanta temprano. Para mí toda dolencia aumenta de mañana, cuando, el astro, escondido tras medio círculo terrestre, intenta hacerle pensar a los hombres que nunca se cansa >>. Le hastía mi ridícula aportación. Ordena inspeccione su panza… Vino con nosotros. Lo supe cuando me tomaba fuerte del brazo. Esperó que nuestro destino mejorase con un nuevo país… El bus ha frenado. Siento en mi piel el olor a plomo. Chispas entre los dedos convirtiéndose en virutas. Llegamos. Fumarolas azules o negras se esconden tras copa de árboles artificiales. Los desechos viajan en cauce del río fluorescente que da al mar. Desde que no hay peces a nadie le importan esas aguas muertas. Tan tóxicas que pueden licuar a cualquier bañista… Cuando era niño no se permitían estas cosas. Pero nos acostumbramos. Cubrirse boca y nariz al salir. Bañarse con repelente de insectos. Huir de turbulentas ventiscas de polvo y zancudos. La niebla que impedía ver más allá de cinco metros… Acomodo mi retina. Identificadora visual. Ojos jadeantes marcan que llegué a tiempo.

Memorizaría procesos. Dignos de un idiota. Hay números. Una gráfica. Tolerancia. Umbral. Radioactividad. Producción. Material. Rayos F (aún se utilizan en partes del mundo). Pongo escasa atención. Sudores a pesar del frío. El traje cubierto por moderna aleación impide la muerte… Me negué a perder una tarde con él. Permanecí en vigilia. Añoraba un acto flagrante. Observar cómo su falaz nombre se pudriría ante la presencia del pueblo. Asumí la voluntad general. Creencia. Superstición. Mente de comuna que pensaba en su inocencia a todos. Enrolada en mi cabeza. Inclinaciones que jamás tocarían mi espíritu. Dejaba llegarlas. Acusado de un asesinato. Su imagen liada al crimen. No era delito su condena. Refugiarse. Amistosamente con algunos de los hombres pudientes del lugar… Escucho sirenas. Detienen producción. Alguien corre por los pasillos. Huele a metal quemado. Hilera de encapuchados rumbo al área de seguridad. Figuras amarillentas. Mirada oblicua por visera. Compresión humana observando reloj-hora del almuerzo. Parejas de ojos observan manecillas. Nadie quiebra el silencio. La comunicación inalámbrica que antes poseían los trajes fue eliminada. Baja productividad en trabajadores. El eco incesante de la sirena se mantiene. Contingencia. Lloriquean posible hora extra…

Era imponente su enorme semejanza con las mansiones antiguas. Ciclópeos bloques de ladrillo le dieron luz a su fachada. Musgo verde simulando una X brotaba durante las lluvias que dibujarían nuevas ventanas… Mis tímpanos. Ronroneo que vaticina un *go* reconfortante. Sonido que en otro tiempo era dulce ahora duele. Un desfile macabro. Anaranjado. Seres ridículos completando las instalaciones. Baño purificador reduce aroma vacuno de nuestros cuerpos. Talco casi transparente. En los vestidores libero el arco del candado. Tras la portezuela metálica una imagen pegada. Cinta adhesiva. Transparente… Marcas de hendiduras que fueron la entrada del sol. Cubiertas por adobes de jicotes… Emanan calor…

Shorty. Compañero de trabajo. Interrumpe. Satiriza con voz rasposa bóxer que llevo puesto. Al plantar su grasosa mano en la portezuela: << Foto puteada >>. Sus labios pegajosos roen el ambiente por soflamas. Cubro mis piernas con pantalón de mezclilla reciclada. Ojos aguileños auscultan mi pecho desnudo. Vuelve a la foto: << Para no volver puteada >>. Su minúscula estatura hace que se pierda entre el menesteroso brillo de lámparas inmensas.

Descanso. Oscuridad. Pruebas de anochecer. Voy hacia él. A penas si tolero al insignificante viento. Olor a plástico quemado metiéndose por la solapa. Exiguo follaje. Pinos de alguna aleación. Pasto sintético. La calle descansa sin llantas encadenadas que se graban sobre el pavimento… Desde que una lengua reseca dijo: << ¡Lo asesinaron!>>.   No he sabido más que de trabajo. Pobreza… Lo escucho. Está ahí.   Raíces amarillas que parecen ictericia en ojos verdes. Pide dinero. Gruesos troncos. Extinto nogal. Lo esconden. Sus ropas abrigadas. Piel adherida. Sin grasa. Esqueleto que lograría la forma de espiga golpeada por el viento… Antes de la llamada. Leía un poco. Pudo ser el muerto. Llegaron soldados hacia ruinosa tierra donde nací… Devorado por un montón de rocas. Aquel estulto demanda pecunias. Enardecido… Coloqué un pequeño vehículo sobre concreto. Alzaría la mirada para encontrar el camino que recorrí antes de llegar. Mi padre apareció. Llevaba un sombrero de copa. Su levita cubría encorvadas piernas. Saludó a la distancia. Inquieto. Revisé si traía algo en la mano. Era envoltorio rústico. De tono grisáceo. Letras. Imágenes. Periódico hecho bola. Rodeado por mecate…

En primavera hierve. Temo y el lunático atice una piedra en mi cabeza. ¿Por qué no supe de su existencia? Oí rumores. Alguien invadió el vecindario. Acechaba. Cubierto. Ropas harapientas. Brotaría si el despreocupado transeúnte descuidó retaguardia durante su andar.

Aparece. Lo miro. Pómulos afeitados con esmero. Contradicen su calzado lleno de agujeros…
Mi padre se acomodó frente a mí para sobarme la cabeza. Esperaba el envoltorio en mis manos.
Lo abrí. No quería romper el papel con que fue guardada la sorpresa. Era un blasón. Dos leones.
Postrados frente a columnas. Buriladas al estilo dórico. Soportaban globos terráqueos iguales.
Un ribete plateado. Sus peludos gaznates tenían inscrito la letra L en el animal de la izquierda
y A en el de la derecha… No siento las orejas. Mis pies crepitan. Rogando el vapor de un sitio
cubierto. Agito la cabeza. Paredes. Cartón y ladrillo. Son muestra de que puedo alcanzar mi
destino… De mis falanges colgaba el escudo familiar. Lo engancharían sobre la pared del
comedor. Jamás comprendí hacia donde fue…

Picaporte reconoce mi voz. Abre puerta de lata. Tan frágil que empujón insignificante la
haría pedazos. Huellas viscosas quedaron en piso del vestíbulo. Gota de nieve azucarada
volviéndose agua hasta el sillón de la sala. Escasas horas para acomodarme frente al televisor.
Dormito ante el sueño. Alarma tiembla en mi muñeca. Saltan vellos. Epidermis. Mueve la
puerta. Liberando su hermosa espalda —llena de curvas— de un abrigo negro. Escucho ruidos
atonales de lavadora encendida. Ropa viaja. Su cara casi no se ve. El rabillo del ojo verde por
un lado del cesto sobre enrojecido hombro. La pálida cara de quien lo soporta es más que voces:
<< Vete a dormir. ¿Estás bien? Me duele la cabeza. No me gusta cómo doblas la ropa >>…

Sentí el escándalo que nos habitaba. Llegaron por la tarde con alguien disfrazado. Gabán.
Sombrero. Tan juntos entre sí. Revolvían torso y cabeza. Simulaba un bulto de cemento. Pude
oler su aliento dulzón añejado por el calor. Pedía con señales y adustos murmullos que libraran
su escasa musculatura de ropajes. Tosió cuando alguien intentaba sacarle la camisa. Bebería de
un pocillo agua con hielos. Le sirvieron tres veces. Bajé los ojos al piso. Hormigas de talla
superior cargaban mi retina. Intenté quedarme ahí. Alguien rogó prisión. Otro fuera de sí
revolvía con argumentos la vana esencia del castigo…

Saga televisiva. Utopía escrita en siglo pasado. El cansancio con la trama aminora.
Personajes tensionan escena. Cuarto de hotel. Viven más de diez personas ahí. Goce. Dolor.
Son lo mismo. Cortarse el dedo con un vaso roto o sodomizar al vecino produce el mismo
placer. Es lugar donde ricos y pobres viven en opulencia. Se ve a limosnero con anillos de oro
rociándose el cuello con perfume Hugo Boss. Hermosa mujer que da vuelta en la esquina se
acuesta en acera para que una bestia la penetre. El delito es no permitirse amor. Cuerpos

moviéndose gravitan tertulias en búsqueda de joven virgen que será ejecutada. Todos son estatua cuyo único movimiento es de piernas. Rostros largos. Hay tribus de gente que vive en copa de los árboles. Se pasan por ventanas hacia la casa. No hay camas. La duela sirve de fuego para asar fruta o zopilotes.

Son las once. Ella ve repeticiones de noticieros para dormir. Ventanas abriéndose por la tormenta de plástico. Siente que los nubarrones la abrazan. Dormita con ojos abiertos. Dice que éramos palomas en territorio de zopilotes. Mujeres-botín. Hombre-esclavos que sembraban amapola o cuerpos humanos sin cabeza. La alerta era perpetua. En cualquier momento se podía morir. Así le vino la fobia de descansar sola. Piensa que se la van a comer los gusanos si no engendra descendencia. A todos nos van a comer los gusanos. Ella desea un hijo. Bajo nuestras circunstancias es imposible. Regresa el hastío. Acomodo camisa y zapatos sobre una cómoda. Apago la luz. Lámpara me guía. Estoy mirando el techo. Los recovecos se deforman por brochazos que tiñeron al relieve accidentado. Son color azul. Búfalos con testa homínida. Árboles de raíz ardiente. Importunados por una línea punteada que demarca sol-foco…

Lo instalaron en mi cuarto. Olía a cigarro quemándose. Era un puro que iluminaba boca sin labios. Uñas ennegrecidas con dedos torcidos fueron al final de punta morada. En la noche parecía que su índice y pulgar fueron amputados. Mantuvo la cabeza metida en su eterna levita: sombrero tipo homburg hasta la nariz. Cuando estaba descansando se escondía aún más entre humo. Aspiraba tabaco el día entero. Por la noche sus pulmones eran fábrica incesante de carbón. Estaba seguro de que algo lo mataba. No era cáncer, sino voces inexistentes que afuera de la casa gritaron su nombre. En minutos convirtió la habitación en gran nube gris y al puro en altillo de cenizas sobre una de sus manos. Flotábamos entre polución. Repisa. Papel de baño. Yo encima del humo. Soñando que el piso enderezaba las torceduras de mi espalda. La frazada sabía a tabaco. Agua del vaso era ceniza. Mi saliva masticaba alquitrán. El aire puro solo llegaría cuando espiaba por la ventana. Leyó artículos periodísticos de menor importancia. Mientras sus pulmones rehuyeron al oxígeno seco que transportaba polen. Su boca sin dientes casi cerrada tosía si el residuo de polen era probado por unos dientes desgastados del cuello. Dos agujeros negros, sus ojos, vigilaban a quien le dio cada noche la llave del sótano. En caso de emergencia pernoctaría entre barricas de licor. La acomodaba en el cerrojo sin embonar. Casi no dormía. Se quedaba mirando un punto ciego. Como si las manchas en el techo fueran estrellas y los mosquitos revoloteando el foco fueran planetas circundando ignotos soles…

Ruido mordisquea mi oreja. Los tímpanos parecen estación de radio mal sintonizada. De un salto atrapo la toalla. El jabón. Abro la llave. Vapor. Mi cuerpo suda en regadera. Pequeñas gotas de hielo pasan entre chispas calientes. Gruñe afuera. La miro. Sostiene vetusto despertador. Lo encontró metido en clóset junto a mis zapatos. Son tres de la mañana. Tartamudeo palabras incoherentes: << Dolor de cabeza. Pesadillas. Cansancio >>. Ella muestra una de sus piernas. Tengo sueño. Me abruman los términos de su ofrecimiento. Polietileno. Coito interruptus. Camino rumbo a la habitación ignorando sus vituperios. Hacen rechinar madera y concreto. Dice que el trabajo me está matando. Contesto a su reyerta: << No puedo dejar el trabajo. No podemos tener hijos. No podemos tener hambre. No podemos regresar. No podemos hacer nada >>. Cada una de las negaciones guardan algo detrás. Estamos acostumbrados a herirnos al restringir todo lo que causa goce. A ella le disgusta la carne enlatada. Yo la compro. Aborrezco el coito interrumpido. Ella lo exige. Le gusta que la idolatren. En voz de otros la critico. Sé que quiere tener hijos. Yo me niego…

Sus lecturas, tan escuetas y frugales, refutaron el léxico que profería durante conversaciones enteras. Le costó platicar conmigo. Deseaba clausurar ventanas para contradecir voraces mosquitos. Quería sentirse tranquilo ante sus degustaciones de puro que se terminaban entre sus dedos. Dormía brevemente con una revista abierta sobre la cara. Eran sendos volúmenes que fueron entretención de mi madre. Ahora cubrían su delgadez en retirada que le permitió usar tirantes para sostener una prominente barriga que enlutaba su antiguo cuerpo. La punta de sus dedos torcidos ya tenía color…

Apagó el despertador. Ella sigue con su indiscreta voz. Necesito represalias. Llena con irrelevantes disertaciones. Propias de superación personal. Mi cabeza. Casi estalla. Hablaba del sumo placer. De la libertad. Cuando tiene miedo al goce. Olvida salir en la noche porque cree que todo el planeta moribundo la quiere violar. Pertenece al falo cósmico. Esas delicias que producen temblor entre las piernas. Calambre. Observo sus ojos clausurados hasta que despierta. Me culpa de sus ojeras. Maldice con polifónico drama. La alarma del *startphone* lo hace saltar por burós. Huye de mano ciega. Aún sonámbula. Desea unos minutos más. Hacerlo callar. El aparato oscilante. Puesto a conciencia por mí. Cobra venganza. Todo el cuarto se ilumina. Estoy feliz. Sus quejas. Casi orgasmo. Habla de la regla. Menstruaciones que llegan en forma de granitos. Encaminándola al desatino. Sigue maldiciendo. Ya no la escucho. Sus mejores prendas. Innecesarias para ir al trabajo. Blusa transparente. Minifalda. Medias de red acompañan sostén de encaje que objeta calzón elástico. De algodón. Con forma de pañal…

Pidió que encendiera incienso. Olor a tabaco volvía desconocida la pieza. Era como si hierba mojada fuese hervida en agua con gasolina. No toleraba insectos resistentes a su puro. Zumbaron rodeando tenue foco o color ígneo de lo fumado. Eran una plaga. Hacía tanto calor. Tomaba un lápiz para subrayar párrafos en el periódico. Se escurrían gotas de sudor por grafito. Los moscos vivieron en el agua caliente que dejó mi escritura. Traían la ponzoña consigo. Su piquete inofensivo produjo hervor en sangre. Brotaba por cada poro. Hombres se convirtieron en géiseres. Algún vecino que pernoctó despreocupado, sin camisa y sábana, encima de una triste azotea, poblada de mosquitos truculentos, concluyó sus días en cama de hospital. Sentía cómo hígado y riñones le explotaban. Por boca le salió un pedazo de cerebro. Debido a esta historia cruzamos palabra. Insistí en saber. Palideció. Días contados. Abrumadores oleajes de polvo sin agua causarían nuevo relieve en los mapas oceánicos. Enfermedades tropicales asentándose en lugares antiguamente llamados fríos…

Ella se ha ido. Para que aparezca. Una invocación. Ventanas cerradas. No deseo encontrar al maldito tendido en mi sillón cuando regrese. Si lo veo acechándome. Puntapiés en su ofensiva efigie. Vaga el día entero. Busca migajas. Quien se las niega recibe pedradas en las costillas o puntapiés sobre espalda y hombros. Ayer nos persiguió. Reconocía la belleza de mi acompañante. Rasgo que olvidé o por rencor obviaba. Ella se dejó consentir. Me reí en su cara. No podría sentirse orgullosa de que un enano encorvado —rondaba el metro con cincuenta— le lanzara piropos. Creo que lo conoce…

Reunión. Fin de mes. Divagamos por pasillos. Rumbo al sitial que ocupa una especie de gerente. Desfigurado por el poder que antes ostentaba. Ser infame. Propietario de caverna sin ventanas con aire acondicionado. La sombra deambula entre rectangular mesa. Asientos de los que han de ser latigueados. Su boca acartonada expulsa nuevos horarios. Horas extra. Mandatos imposibles. De mente computarizada. Memoriza cifras con más de cuatro dígitos. El apuntador ilumina gráficas en 5D. Los recursos naturales que ya no existen fluyen como el siglo pasado. En algún lugar de África descubrieron nuevos yacimientos de litio. Allá solo hay arena o fiebre. El giro de su saco y corbata parecen haber acabado con las fiebres hemorrágicas. Temperatura de más de 50 grados no existe por obra de su imaginación que esconde tras barba postiza. Sus brazos se desinflan. Casi tocan el piso cuando escucha la hora de salida. El rechinido de molares hace que tintinee una nariz aguileña y los misteriosos yacimientos de saliva tras el paladar…

Tragó ascuas con levita en mano. Los pasos lastimeros zumbaban en la puerta. Eran demasiados. Antorchas rebotando por la ventana. Enorme zaguán ardía. Mi familia ante el pórtico. Lo apuntalaban con sus escasas manos hasta que se apagó la luz. Empujarían más fuerte. Penumbras. Oscuridad crecida en habitaciones por la finca entera. Llegaban insectos de todas formas. No pudieron absorber sangre de brazos y piernas, sí de las orejas. Sus alas aterrizarían en mi cabeza. Huevecillos fertilizando cuero cabelludo. Los más pequeños se metieron en mis ojos resecados al contacto. Sin temer incienso o humo de tabaco lo disfrutaban. Como los que subieron a las escaleras: tacones y suelas en madera atornillada. Él pisaba cenizas de tabaco, una colilla…

Habrá nuevas medidas. Control. Productividad. Chip en el brazo dirá si el tiempo de asearse o de cambiar ropas es excesivo. Cámaras vigilarán recorridos de un ala a otra. Calambre que paraliza los dedos será aviso y coerción laboral. El tiempo para comer terminó. Motines o comentarios insignificantes estarán desglosados en el pago. La vida convertida en presa de inteligencia artificial. Nanochips observarán con su mirada infrarroja. Casi humana. Nuestra monotonía. Crece la jornada laboral una hora. De siete a ocho hay capacitación para evitar violaciones a la norma. Gráficas de cada uno. Nómina sin modificaciones.

Antes que esa sombra infernal nos deje ir firmamos papeles electrónicos. Huella digital corrobora medidas. La puerta se abre. No los grilletes que nos han metido con jeringa. Aplicación de mí está en el *startphone* del gerente. Tiene la vida de cada uno. Presentaciones electrónicas todavía centellean ante mi vista. Inconformidad que no se pudo decir permanece en mi pulso cardiaco. Lo sabe. Siento empellón de alguien. Shorty anhela irse. No está dispuesto a trabajar así. Del techo brota un ente cuadrado. Es platillo volador. Aleación de titanio. Su boca al rojo vivo nos persigue. Lanza injurias. Grabaciones que afirman bondades del empleo.

Instalado ya en el traje. Oxígeno puro que no existe afuera recorre mis pulmones. Isótopos aguardan. Bandas movibles. Necesitan del ojo humano antes de soldarse a otros elementos que impedirán su dispersión por el ambiente…

Mi padre estaba tirado frente al televisor. Patada insignificante bastó para desmayarlo. A penas distinguí rostros en la refriega. Mi madre y la tía Luisa se atrincheraron en la escalera. Cuchillo sin filo y pica hielo sobresalía de sus manos delicadas. Ellas gobernaron a cada efigie que intentó sobreponerse. Hasta que apareció el jefe de policía. Un disparo al aire hizo que se desplomaran las mujeres. Oficiales minúsculos depredaban cualquier cosa. Maquiavélicas bolsas se llenaron de enseres domésticos: tenedores, platos, relojes y cucharas salían de la casa. Hurgaron en todas partes. Localizaban algunas monedas sin valor. Evitaron subir. Desconocí la razón. Nuestro comensal observó sin ser visto. Ellos ni siquiera deseaban encontrarlo. Han tomado la planta baja. Mucama y señora de la casa yacían entre los sillones con medias desgarradas, blusas manchadas de sangre por un goteo que brotó por nariz y boca...

Conseguí bicicleta. Será mía. Desde ruedas hasta manubrios persiste olor a hule auténtico. Nuevo. Siento la ventisca revolverse entre los rayos. Incapaz de frenarme. La fuerza cinética de mis piernas en pedales rompe el aire infecto. Carretera y vecindarios acortándose. Formas borrosas con sabor a sal pasan en mi garganta. Nace el gusto de atropellarlo. Está tras contenedores vacíos. Lo destruiré. Una pierna rota o nariz achatada resultarán de la fiera pelea. Aquél. Tendido. Lloriqueando o riéndose. Por su estulticia. Sentirá el dibujo de una llanta nueva encima de su cuerpo. La forma tatuada en su rostro. Estaré en el hospital. Gozando. Sin trabajar…

La casa era basurero. Cada mueble se había convertido en aserrín. Paredes mostraban ladrillos y al piso levantado. Azulejos fueron montones de piedras. Cava vacía. Toneles rotos. Uva y papa podrida. Moscas. Armarios convertidos en tablas sin clavar. El visitante miraba la devastación. Su cara fruncida pensaría que los despojos eran consecuencia suya. Mantuvo cierta dignidad por ser el único que trajo un manojo de billetes. Lo puso al servicio de mi padre. Quien lleno de moretones intentó bendecirlo. Estiraría la mano. Agachaba la cabeza. Eran las ocho de la mañana cuando subimos a dormir. O al menos eso indicó el único reloj que la sirvienta lograría ocultar entre su bragadura arañada. Mi compañero de cuarto despotricó en contra de las "buenas costumbres". Hablaba del abuso y de las razones que lo obligaron a dejar su país. Una palabra se duplicó hasta que sus labios quedaron azules por las mordidas nerviosas que sus encías les proferían: << Eternidad >>…

Ardor. Sol rígido. Castiga los poros hasta inflamarles. Póstulas brotan de mis brazos. Calor espumoso metiéndose por el cabello. Hace de mi testa braza al rojo vivo. Municiones blanquecinas. Punteadas en el abrigo. Nuevas gotas de agua mortifican cinta asfáltica. Invisible. Carcomida por la sal del mar. Que el poder de las ruedas de mi bicicleta ensombrece. Desmoronadas ante mi peso. Pequeñas motas. Arena. Revelan la nueva identidad de un camino salado de cochera. Aire con sabor a aceite quemado. Manubrio con cristales de sal. La bicicleta comenzó a roerse. Pude acicalarla. Mimaría su esqueleto metálico carcomido. Lubricante. Aceite de cocina. Cadena. Pedales. Llave irrumpe. Abro el candado. Escurren rechinidos. Partículas cobrizas. Su rotor libera pistones. Arco. Elevo la puerta. Una caja rodando. Azarosa. Por el piso. Disimula al ojo purpúreo…

Guardaría sus cosas en valija estampada con botones de rosas. De esas que poseyeron agarraderas encima del cierre. Eran exiguas sus pertenencias: gel, pantalón de mezclilla, dos camisas, peine, cinturón, mocasines y chaleco. Todo formaba un altillo apretujado sobre la cama que le sirvió de apoyo a su mano de momia colocada en el mentón. Su voz rugía. Viaje pendiente al camposanto, donde algún ancestro evitó la muerte al esconderse en una gaveta. Al sellar la entrada con cemento logró el escape. Cuando los perseguidores le olvidaron, al considerarlo enterrado vivo, golpeó con tal fuerza las paredes del enterramiento que el celador abandonaría su siesta para liberarlo con un marro. Su renacer le volvió inmune a la venganza que descansaba en sus hombros. No así sus costumbres funestas, cuya evidencia fue el cuerpo del su libertador vagando con una picota en el trasero…

Escupitajo golpea la cara. Su aroma roe mi barbilla hasta dejarla totalmente tiesa. La sombra escarba montones de cajas y herramientas. Busca el desorden. Sus manos invisibles desordenan antiguos floreros. Rines de bicicleta y botes de grasa vacíos golpean las paredes antes de volverse obstáculos en el piso. Permito que esa entidad maloliente ensucie con sus manos infectas mi nueva adquisición. Tienta relieves cromados del grosor del asiento. Sacudo la cabeza. Intento detenerlo. Pero mis labios están quebrados. Me desfavorecen. Tengo deseos de atacarlo mientras se distrae. Estornuda pus. Minúsculos pedazos de comida se detienen en la corriente de aire que entra. Lo tomo del cuello. Fuerza descomunal vuelve su tráquea potente acero. Patadas en mis piernas. Las ataca con talones desnudos. Ojos rollizos fulguran sobre mí. Lame sus uñas antes de enterrarlas en mi cabeza. Rechino los dientes para amedrentarlo…

Eran tres de la tarde. Ataviado con eterna levita, revestida su escasa melena con sombrero de copa, alcanzó la calle burbujeante que dejaba estepicursores rodando hasta encontrar paredes de adobe o concreto al rojo vivo. Sudor profuso, ajeno a él, goteó por sus muñecas. Las volvía dos mangueras que vaporizaban el piso. Sus dedos grasosos abrigaron manija de un beliz. Era de admirarse la manera como soportaba el calor. A pesar de las ropas invernales se movía implacable. Rompió la temperatura de casi 40 grados arrastrada por viento infernal. Las aves cayeron fulminadas entre las piernas del estoico viajero, quien apretó pescuezo o panza de garzas moribundas con sus botines que reflejaron el sol. Restaba una imagen pretérita haciéndose más grande al levantar por última vez la mano y saludarnos…

Su pie dormita sobre mi nuca. Le pertenece. Arrulla manubrios y llantas. Da palmaditas a rosca por donde la cadena gira. Jamás vio objeto tan pulcro. Lo idolatra con ideas ridículas. Sobre el pájaro inmortal que vivía en sus dedos-manubrio. O el pescuezo de faisán por donde brotaba una llanta. Resorte invisible le permite acortar y extender su cuello entre mi cabellera. Cree que son lombrices. Las jalonea para dárselas a extintas gallinas. Se trata de mi boca llena de pelos. Cejas sangrantes fueron arrancadas…

Desde mañana habrá autobús. Volveré a sentir escozor de nieve. Calor insano brotará del agua que sale del escaso pavimento. Imagino mi desvalijada bicicleta mientras froto el pecho con jabón. Enjuagué el cuero cabelludo con champú en gel. Apareció esa idea errante. Vergonzosa. Una salida. Cierro la llave. Espero a que el cuerpo. Invadido por goce momentáneo. Caluroso. Tirite de frío. Un presentimiento. Sé que necesito llamar. Familiares abandonaron el pueblo hace mucho tiempo. Lo último que supe fueron inundaciones. Comían peces llenos de corcho o patas de garza con sabor a petróleo…

Sentí goznes del dolor. Mi cabeza abriéndose para dejarse ir. Iba a explotar. Cada músculo del cuello paralizado…

Trabajé medio tiempo en recicladora de vehículos. Con una máquina de soldar quitaba los plásticos del metal. Creo que bujías fueron utilizadas como llaves de paso y asientos eran trocados en camas. Una mascarilla cubría ojos de puntos fugaces que brillaron ante chispa metálica. No entendí bien las indicaciones. Legajos enteros eran reducidos a imágenes: usar soldador. Buenos samaritanos me indicaron la naturaleza del trabajo. Hasta que decidí estudiar el idioma. Entre láminas oxidadas y desatornilladores. Nubes de polvo más allá de la ventana. Mi despertador o la hora de entrada. Cuando pitido cimbrara el edificio.

Vivimos en refugios. Desearía regresar cuando una lámpara parpadeaba gritos de mí. Rostros se volvieron diabólicos y comida de talante peor que el de carne pudriéndose. Escuchaba quejidos o lamentaciones de una mujer siendo acosada por grupos de vigilantes. La tenían acuartelada. Ahí le explicaron ciertas necesidades fisiológicas en lenguaje vulgar. La desprotegida presa de síncope voluntario debía atenderlos. Sus gemidos concluyeron rápido. Hasta que fui ubicado en aquella fábrica de…

Me seco con toalla que sabe a jabón. Excoriaciones en costillas y muslos. ¡Maldito! Insatisfecho por el hurto. Decidió molerme a palos. Sus gruesas tenazas apretándome. Barbullaron frágiles músculos de un trabajador promedio. ¿Soy eso? Los párpados caen a pesar del dolor frente al espejo. Cada día necesito acostarme más temprano. Está por llegar. No mencionaré la breve existencia de una bicicleta. Odio sus regaños y también esos calzones de algodón que usa toda la semana. Al principio no podía verlos. Sonrojada se desvestía… Intento poner atención en una serie policiaca. Deseo el final. Pero aturdimiento me lo impide. Saluda a la distancia. Asiento por cortesía. Tira las llaves sobre mesa de centro rallada para llamar mi atención…

Sabía que iba a terminar bajo techo de nube de carbono, entre torrente de mosquitos y cobija de asbesto. Comprimido en posición fetal, al desear el vientre de la madre que no tuvo, esperaría trozo de pan o garrote castigador. Sin un peso… Escudero discutió con ella, responsabilizándola de revelar a los feligreses el sitio donde estaba. Su intelecto femenino, dijo mi padre, le evitó darse cuenta de que nuestra vida tenía valor al salvarlo… Mano helada sin sangre, padecía la dureza de vaso a medio llenar de ron. Ojos hambrientos de la susodicha notaron que su esposo había cambiado. Descubrieron leve temblor en sus manos y renuencia a visitar un médico. Escudero decepcionado y meditabundo se levantaba de silla helada para estar más cerca de la fémina herida. Su ya decrépita figura cobró aspecto demencial al cerrar de un puntapié el mosquitero y desviarse hacia la cava…

Escucho cómo infelicidad y pobreza se oyen. Efecto de no recibir sueldo. Intereses bebiendo servicios referenciados. Luz eléctrica. Agua potable. Son excedentes o un derecho.

Ella me interrumpió. Intenta llamar mi atención. Trabajará los sábados. Como si me importara. Hago poco caso a sus párpados gravitacionales. Que todo lo atrapan. Fuera de órbita. Al ver me devuelven al mundo pasado. Insiste en una nimiedad. Deberé fabricar mi propia comida. Parece un mal sueño. Yo siempre hago mi comida. No tolero su sazón. Para evitar reyerta: << Sí >>. Se extiende en una silla. Perdió toda su feminidad: piernas abiertas y su mano rascando la barbilla. Con movimientos circulares acaricia la cien. Sus bisbiseos los ocultarán truenos de lluvia ácida o la aclaración obsesiva de mi ridículo salario. Que se calle. Habla demasiado. Está enloquecida. Agrego ante su mirada atónita que soy un esclavo. Sin poder adquisitivo. Me frenó al cerrar sus puños y después abriles. Brota la muerte de su hermano. El final del estulto resonaba por todo el cuarto. Lo he oído miles de veces. Sé que perdió la conciencia. Decía una sola frase: << Estoy bien >> antes de perecer sin un peso en la cama de un hospital. Según ella por su incapacidad evolutiva. Favorecí la idea sin chistar. Estoy frente al televisor. Un personaje observa cómo sus fraternos yacen en el suelo desfigurándose entre el fuego. Sería mejor arder en brazos de la policía como gánster. Moriré tras mandatos de capataz repetitivo. En el seno de mi propio reciclaje…

Llegó una carta. Corrida por debajo de la puerta fue botín de mi padre –desde la ida de su fraterno se apagaba–. Desperdició el día entero leyéndola. Analizaba cada resquicio del papel. Como si mancha de tinta corrida fuera la clave para entender códigos secretos inexistentes. No probó más que sus pretensiones. Entonces vino una historia de su boca: viajaron ligeros; eran consecuencia de miseria y escarnio; tren desbaratado; herencia de la última dictadura; les trasladó; entre reparaciones; hacia la metrópoli que prometía riqueza; se hallaron durmiendo de pie; comprimidos en cuartos de cierta vecindad; roedores en escabeche y pan duro les eran dados como limosna; cuando mi abuela; intentaba economizar, contando en su mano una y otra vez; parca moneda casi sin valor; tenderos orillados por la triste imagen; le agraciarían sobras a cambio de que se retirara y no molestase a clientes por su raído aspecto…

Me dijo que ahorraba. El dinero lo usó en clínicas de fecundidad. Siempre acomoda pretextos para detener cualquier goce. Decálogo cubrirá nuestra escasa intimidad. Tiene lista de nuestros encuentros. Los apuntó en una bitácora como si fueran gastos de casa. No quise mirarla. Prefiero el fajo de bretes originados por la vida misma. Aunque aumentan su grosor todos los días. Los reviso antes de dormir. Casi no dormimos. Madrugada y noche sirven para herirnos y perdonarnos. La televisión es mediadora. Pantalla gigante con dos enormes zapatos adentro. Los imaginé aplastándome. Entre la suela y el piso desaparecían horas extra. Pisaban mi juventud entera. Olvidé callos en manos. El cabello sobre mi hombro. Dedos temblaban. Los zapatos trajeron oferta laboral. Según entiendo la empresa ofrecerá hospedaje en el área de trabajo. Si acepto el empleo nuestro salario podría crecer. Estoy harto de pagar renta y de cinco rebanadas de jamón el sábado. La semana comemos papas o leche de cucaracha. Mientras tanto coloco enjuague en mi boca. Frente al espejo un sujeto arrugado. Ser canoso de gran cabellera. Parece león extinto. De los que ponen en desiertos como hologramas. Sin bigote o cejas desde que la radioactividad hizo sus efectos. Un gen que lo protegía de tumores. Eso mantiene su empleo. Iba a ser …

Suspendida por bastón de madera agujerada, mi madre frente a su esposo tuvo una revelación que le permitió taquicardia, locura del recién estulto. El visitante sufragaba los últimos gastos de casa. Ido ya, motivo de otro pueblo y otra familia invertiría en nuevas bodegas de licor. Sin él nuestro hogar colapsará el año entrante. Las barricas serán destruidas por aquella muchedumbre. Ahorros de mi padre terminaron en la alcantarilla. Descubrí que su retina derecha había caído y sus labios tocaban la barbilla…

Arremete mi hombro. Revolviendo músculo con hueso. Guante amarillo tintinea encima del traje. Sus golpecitos se multiplican como reproducción celular. Dedo índice de látex gobernado por ojos bien abiertos tras visera apunta a la oficina del supervisor. Zapatos engomados se levantaron en ducha purificadora. Repito procedimientos de seguridad con tal sincronización que podría ser máquina gobernada inalámbricamente…

La salud de mi padre mejoraba. Giboso y melancólico vivía del préstamo sucesivo. Deuda eterna. Mensualidades jamás cubrieron más allá de intereses elevándose. Lisandro decidió financiarme. Un cheque mensual permitía mis gastos. La nueva ciudad era lenta. Tiempo y espacio desfilaban entre agonía de vetustos edificios. Había campus universitario de materias que no se estudiaban en provincia. Mi casa era la de burócrata despilfarradora incapaz de ahorrar. Su fastuoso sueldo desaparecía ante cualquier intento de mantenerlo en sus dedos nerviosos. Hizo de la cochera mi cuarto. Lienzos endurecidos con pegamento eran puerta y pared…

El supervisor dice que trabajo como un perro. No sé a qué se refiere. Sus manos rehílan. La crítica a mi trabajo reposa sobre perorata. Infla su pecho hacia el cuello. Acerca nuevo contrato. En donde me comprometo a no trabajar como perro. A tener más cuidado con el material radioactivo. Dice que intercedió por mí. Su lengua viperina es amortiguada por breves y detenidos sorbos de mate sintético. Tiene rostro incrédulo de una cabellera enorme. Insiste en irrelevantes aumentos Debo flexibilizar mi horario. La compañía indicará si dormiré o doblaré turno. …

Él me llamaba por la existencia de alguien. Un gerente. Mirada de búho, cerebro de asno, boca de albañil, lo obligó durante obscenos arranques de ira a puntear márgenes y numerar páginas antes que sus manos enloquecidas rompieran el trabajo recién hecho. Decía que su anatema, perderse tras la vera de un pueblo, disfrazarse de acaudalado, lo encaminaba a diseñar periódicos como martirio. Jamás entendió por qué los márgenes iban punteados o la razón de que la oreja tuviera una rosa como adorno. Las páginas de sociales lo derrotaron. Debía tolerar notas mal escritas y fotos pésimamente tomadas. Caras borrosas y vestidos corriéndose por la tinta solo permitían la claridad del nombre del recién bautizado. El color negro del esmoquin del novio o la cola blanca de la novia eran menguados por firma del fotógrafo en letras doradas. No se cansó de recordarme que su salario era mi futuro.

Lo escuchaba complaciente, tendido sobre una cama. Mi situación era inmejorable. Ahora vivía con... Le di el número telefónico del lugar. Por su dinero lo soporté mientras ella yacía desnuda junto a mí. Perdido en su cuerpo escuchaba por el auricular frases a cerca del humo del cigarro y el aliento femenino. Grandes monólogos sobre la virtud lo hicieron genio o repetición. Hablaba de una palabra desconocida: "arquetipos". Creía en la realidad trascendente del cristianismo radical. En donde cada acción representaba el acercamiento a la esencia divina o la condena. Más de una vez le pregunté la razón de laborar en periódicos de provincia. Renunció a sus posesiones por estar cerca de mi padre. Eso le pareció suficiente. A mí no me interesaban las decisiones que había tomado. Su dinero era lo llamativo. Mientras mis compañeros compartieron cuarto y toleraban habitantes que hervían arroz a las tres de la mañana o escuchaban la serie televisiva en boga a todo volumen, yo dormí tranquilo…

Nuevas tareas. Cursos. Fines de semana ocupados. Taller de saneamiento. Causa. Overol manchado de sangre. Ayer el guante se perforó con una broca. Escandalicé. Piden que informe de enfermedad cualquiera. O en su defecto discreción...

Escribí opúsculos de menor importancia. Parafraseaba mensajes que llegarían tras la voz de individuos consagrados a letras. Intenté beber café en ayunas para semejarme a ellos. Su barba crecida, entrecana, símbolo de la pobreza en su cuerpo y la riqueza de su pensamiento, fue mi guía. Aunque mi barba no era entrecana quedó desaliñada. Su frente arrugada por el continuo ceño fruncido no pude copiar. Aunque lo fruncía las arrugas se evaporaban al despertarme. Era demasiado joven para tal forma de vida y vocabulario. Sus frases inundaron mi mente. Las entendí hasta que un día estuve bajo el influjo de fiebre. Sentía cada músculo roto o estirado. Minúsculas cuchillas acicalaban. Como pude la desperté. Su cabellera pareció crisparse por mis temores. Apoyado en frágil hombro alcanzamos el calor boreal. Entretanto veía una liebre con levita saliendo de la alcantarilla, hasta que llegó el cobijo del taxi. Calles subterráneas y topes que raspaban las entrañas del vehículo hicieron que me acurrucara como embrionario. Estuve en silla de ruedas antes que hubiera camilla disponible. La sala estaba llena. Médicos y enfermeras esquivaban cuerpos torcidos. Intentarían con suero intravenoso. Pero mis venas desaparecieron. El goce del bisturí en carne descendió la temperatura.

Examinaría mi *smartphone*. Pidió la clave para desbloquearlo: fecha de nacimiento. Buscaban sus uñas pintadas de rosa el número de Alba entre la pantalla holográfica. Mis contactos carecían del nombre original. Eran las percepciones que hice de ellos. El profesor de latín: Gallesse. Mi padre: Alcantarilla. Mi madre: Robarte. A Lisandro lo llamaba A. Demoró en contestar. Llegaría lo más rápido posible. Ordenó mi traslado a un lugar afable, donde pudiera recuperar con cierta dignidad lo que mi salud permitía. Hubo tantos enfermos, uno por debajo de la cama, con su mano extendida cerca de mis sandalias perforadas por agujas, otro entrando por la ventana. Baño compartido, vómitos y mierda en el lavabo, hasta que ella debió ayudarme. Conocería mi orina cobriza y olor a podredumbre que antecede a las deposiciones. Miraba asqueada a su hombre convertirse en anciano incontinente: sin ningún decoro o vergüenza ante lo que salía de su cuerpo…

Deudas escritas sobre papel reciclado descansan en fila. Encima de un pisapapeles que minimizó su grosor. Subrayadas en rojo indican el salario que será devorado por despilfarradores. Aquellos que tras la ruina del petróleo ahora viven del cansancio ajeno. Pienso por un instante en el nuevo horario. Escaso tiempo. Algo de capital. Podría mercar otra bicicleta si los impuestos mermaran. Vuelve la razón. Siento mis brazos engarrotados. Sujetándose a una barra metálica horizontal. Donde viajeros descansan sus muñecas. Cada dedo mira el esfuerzo del conductor electrónico. Desde una cabina vigila trayecto inevitable y repetitivo del autobús. Pasaron ya los años del tráfico. Lo único humano frente a esa mole digital de ventanas automatizadas que oscurecen o resplandecen según la temperatura exterior es el olor: síntoma de sudores…

Ella taparía mis ojos. Trató de esconder el flatulento aroma a sangre que resoplaban. Radiografías. Buscaron en todos los lugares posibles. Dedos manchados de tinta. Sus manos rojas con olor a hierro pulido significaban terror. Con suero intravenoso de plaquetas y electrolitos mantuve la conciencia. Preguntaban cada cierto tiempo mi nombre o fecha de nacimiento para cerciorarse. Veía sus rostros petrificados al deformarse entre dedos de mi acompañante. Los iba a infectar. Cubrieron mis llagas con ungüento. Imaginé meses enteros acomodado en cama hospitalaria. Me dolía cadera y nuca. Flotaba en medio de alcanfor y batas blancas…

Mi antebrazo extendido revela manchas puntiagudas o petequias. Calambre vuelve mi pierna estaca inmóvil. La puerta se abre por el rocío de cachetes recién lustrados. Su nívea mano acomodó el dispositivo arriba de la mesa de centro. Habla la imagen. Documento que exime de toda responsabilidad a la empresa. El holograma acecha. Con la triste cara de galeno. Individuo entrecano. Calvo. De ojeras inmensas. Nariz achatada. Pide que mida linfocitos y coagulación con la cámara del *startphone*. No es radiación la causa. Se despertó algo antiguo. Su voz grotesca pregunta si he recibido picadura de algún insecto. Reviso mi cuerpo desnudo. Un moretón enorme apaga minúsculos brotes. Tras el omóplato la mordida. Antes de que huyera sentí sus dientes partiendo el tejido de mi camisa…

Tomé la forma del catre duro que lo contorneaba. Gritos de dolor. Enfermeras obsesionadas con pliegue entre brazo y antebrazo: lugar donde torpemente acomodaron la aguja. Suero diluyendo mi sangre. Venas amoratadas dejaban salir el sudor que hervía cada poro. Mis ojos girarían al observar cofias voladoras en mundo desconocido, a cuya vera desfilaban zapatos blancos cubiertos de plástico. Entes plastificados de pies a cabeza vaticinaron relámpagos que caían del techo sin grietas o pequeñas gotas de sangre provenientes del otro piso.

Estaba devorado por la ira. Le discutía a un ser con bata azulada. Sus dientes recién pulidos se desgastaron por sobras de tabaco. El otro era dueño de zapatos blancos manchados de cenizas. Lisandro recalcaría fallas del servicio hospitalario. Un guante somnoliento metido en la mano de esa bata le respondió al indicar el desastre. No había sitio. Cuerpos antes humanos descansaban sobre cartones o encima de cobijas tan pestilentes que se adelantaron a la putrefacción de gusanos devora carne. Ventanas abiertas mostrarían intento para que el aire helado de la noche ayudara a bajar la fiebre. Entonces comprendió. Quería saber mi condición. Le dije que llevaba años como polilla…

No puedo trabajar. Estoy débil. ¿Alquiler, servicio de hípernet o visita al médico? Enfermedad que sospecho equivaldría a un ojo de la cara. ¿Debo llamarle? ¿Estará vivo? Es lo que temo. Se entrometió tanto en mi vida. Por poco la dedico a cosechar uvas. Las discusiones eran acaloradas. Necesitaba su dinero para vivir. Él gozaría de mi pobreza. La pobreza de los jóvenes de ese tiempo. Temblaban de gusto sus insignificantes cachetes si le pedía dinero al subrayar con voz meliflua e imprudente mi falta de compromiso y dedicación. Lo soporté a regañadientes hasta que pude irme. No tenía futuro. Él decía que sí. Cuidaba barricas de licor que jamás fermentaron. Me recordó a mi padre: centrado, trabajador, sin imaginación. Todo lo que yo no era o no deseaba ser.

Busco en mi memoria alguna clave que me lleve a recordar el número. Intento recordar ladas o letras iniciales de sus apodos. He borrado la mayoría de antiguos teléfonos. Casi todos sus propietarios están muertos o vagan entre rincones de arena y nubes de mosquitos. Aunque recordase el número no tendría a quien marcar. Están incomunicados. Desconozco si el pueblo todavía existe o fue devorado por el océano… Mi padre jamás estuvo en cementerio. Sino en alcantarillas. La última vez que lo vi era saco de excremento. Pernoctaba en arrecife de llantas submarinas. Se pudría entre latas de cerveza o botellas de plástico. Lisandro festejó el fin del mundo. Esperaba a su vejez disfrutando de la compañía Escudero. Ellos le amaron por sus regalos. Conseguía filete de pescado, carne de cerdo, leche de vaca. Esos animales estaban en peligro de extinción. Solo él se los permitía. Así vivió tras mis parientes aún vivos. De vez en cuando llamaron: invitaciones para estar con ellos. Pensé que estaban locos. Era imposible viajar. La frontera se cerró. Nuevos muelles enclaustraron ciudades montañosas…

Su lengua era camino de ambulancia. Hacía mucho calor. Pensaba que las llantas se derretirían al tocar una garganta con humo de cigarro. Por ventanas se metió carne quemada hasta mis llagas volcánicas. Las cubrieron con desinfectante. Vi nudo oscuro encima de la pared. Cuyo relieve era torbellino gravitacional. Deseaba ir con él. Salir por sus intestinos. Círculos concéntricos llenos de lombrices absorbían el color y luego el concreto…

Servicios *on streaming* se difuminan. Necesito la llamada. Su última dirección no existe. Presumo que murió. De saberlo tomaría el primer avión invisible…

Estuve en aeropuertos que parecían el círculo polar con palmeras y costa. El aire acondicionado funcionaba al límite. Poner un pie fuera de la terminal significaba quemaduras irreparables. Esperé casi siete horas. Tiritaba de frío al abrigo de policías. Los vidrios se derritieron, el suéter casi se me pegó. Fui uno con mis brazos y mi panza. Alcancé vuelo a medianoche. Ella me acompañaba con su mal aliento o su pésimo carácter. No tenía más pertenencia que mi persona. Turbulencias ocasionaron esperanza en sus ojos. Motivada por nueva vida sonreía al mirar por la ventanilla huellas lejanas de océano negro. Eran pequeñas luces, hogueras de gente muriendo de hambre. Su cabellera despeinada tocó mis dedos que se perdían en mechones azules con puntas rojas.

Lo llamé villano. Canje por mi libertad desde que falleció mi padre. Era figura insoportable. Intentó apoderarse de mí. Solicitaba acompañante para su prematura vejez. Estaba obsesionado con barricas de licor. Negocio que desconocía… Ella miraría por la ventana. Quiso un beso, no mis exageraciones. Preguntó si los huérfanos del mundo estaban a nuestros pies. Luego dijo que sería un buen padre. Mis historias ridículas eran para el crío. Se quejó de una nueva espinilla. La señalaba con su dedo. Vi su mueca de hartazgo. Iba a un lugar donde la segregarían por su origen. Llevaba el vientre inflamado. Su carácter fue cada vez más agrio. El olor del avión le fue insoportable. La pestilencia sabía a goma. Cambié la plática. Pedí que olvidara mis memorias. Eran de un niño enfermo que responsabilizó a cualquiera de la ruina de su casa. Lo mío debía olvidarse por su irrelevancia…

Suena el *startphone*. Lo habilita una voz quejumbrosa postrada encima de la cama. Se esconde tras ella. Barba encanecida disfraza aún más su identidad. Tiene la solapa levantada. El bocio permanece. Tumor en garganta impide que reconozca su voz. Quedan susurros. Sé quién es. Perdió los dientes. Hay dos encías agazapadas con incrustaciones de metal. Parecen mercurio solidificado. La lengua negra de perro con pedigrí dice montón de estupideces. Sintaxis antigua poblada de intersecciones y sin embargos reconstruye el pasado. Casas dedicadas al licor. Personas que inexistentes vuelven a estar. Mi abuelo y Tubérculo emergen como fuegos fatuos. Mi padre se muestra optimista ante el auge del brandy. El inverno se avecina. Los mosquitos viven en otra parte. Sus larvas no crecen sobre agua estancada con olor a aceite…

Jamás volví a saber de él. Supe que perdió el sentido común al tiempo que yo insistía en olvidarlo. Estuve en lugares etéreos. Trabajé de lo que fuera. Optimizaba recursos al unísono de paquetes que extendía de mi mano a la de otros. Productos solicitados por internet desfilaban hacia un sprinter que manejé. Alucinaciones y fiebre se retiraron ante cansancio. Vestía según la empresa en turno. Camisas o pantalones eran recogidos al dejar el trabajo por la noche. Fue ahí donde noté ciertos temblores. Las manos tiesas sin poder darle la vuelta a un libro o a la torta de huevo tamborileando. Pies moviéndose entre las sábanas me despertaban a medianoche. Creí estar en otro sitio de otra época. Mi padre frente al televisor comía avena recién cocida. Sus ahogos eran tergiversaciones lingüísticas que cambiaron el género de las cosas. Iban del femenino al masculino y viceversa…

Ya no puedo hilar más de dos. Hemorragias perennes. Hospital. Minaron intelecto. Estudios. Certero en su avance. Líneas electrónicas. Resignación. Su pensamiento mercantil. Cerdos esclavos. Había vendido interés...

Levanto mis ojos. Encuentro a un crucifijo, puesto en la cama donde velaron exequias de tatarabuela… Junto a él hay remolino incierto. Llamada me incita a hundirme completo en los clavos que sostienen por más de dos milenios a Jesús. Quiero irme pronto con mi padre. Luis Escudero. Muerto antes de la plaga…

Abro los ojos para admirar torrente de sangre que escurre por la nariz. Traje amarillento y casco traslúcido lo portan quienes me atienden. Camastro duro encorva mi espalda. Es único mueble rodeado por tejidos plastificados. Supongo que lo arrojarán al océano cuando… Mano izquierda es derecha. Voces acercándose. Acomodan sus dedos encima de la visera para advertirme con señas que deje de hablar. Indican mi garganta. Tubo en tráquea. Electricidad fluye en mi pecho. Corazón y calambres. Fuerza ignota hace que me levante. Ahí están todos ellos…

VI

Advertencia

Gigantesco candelabro alumbra salones enteros, vuelve escaleras ático, gran libación; sin su luz, bufones, comensal, no danzarán, cada noche, cabalgando hacia arriba, abajo… al esperar llegada, ese que, tras un balancín, enlazado a monociclo, trepa escalones y enseña al otro, cómo encender el goce de lo eternamente vivo.

Pedí ayuda a la enfermera que, tras un escritorio, leía revistas electrónicas de variedades, proyectadas sobre mantel blanco. Hizo mueca de cansancio antes de levantarse. Preparada con el traje de aislamiento recorrió la cortina. Sus ojos se hincharon de cólera. Boquiabierta tentó pies estirados que la miraban. Postraría un estetoscopio helado encima de aquel pecho tieso, enrojecido: costillas que intentaron salir de la carne. Quise hablar. Su mano erguida me calló.

Llegarían por el pasillo, zapatos de trabajo, sellados a piquetes de bota. Su propietario intentó abrirle los ojos. Tintura roja, pastosa, convirtió su mirada en acuarela. Dos pares de lentes escrutaban, cansados, al cuerpo tieso. Le conectaron dos diodos en las tetas. El cuerpo se levantó y volvió a caer. Algodón fue metido en todas sus cavidades.

Dedos impertinentes en mi hombro sugirieron resignación. ¿Será contagioso? ¿Dejó en orden sus asuntos? Trabajar en esa maldita fábrica le mató. Se quejaba de punzadas que recorrían pierna e ingle. Transanalgésicos enmascararon muchos años a su pierna coja. El dolor fue su manera de resistirse, iba y venía. Cuando era insoportable: << Estoy bien >> para reconfortarme. Ocultó el sufrimiento en cada poro de mi piel al buscar imperfecciones. Si no las veía, deambulaba entre alucinaciones. Maldijo a objetos por haberse caído de su mano o por acabarse. Como su padre y el abuelo de su padre pensaba en los enseres como entidades con vida propia. Criticó preservativos que tiraba sin usar al inodoro por impedirle placer. Durante el coito, forzándome a recibir su semen, me llamaba perra bribona. No tardaba en irse a provocar a cualquiera que interfiriera su camino. Volvía mientras el hielo de mis escupitajos se estancaba bajos sus pies.

Fue ser protervo y noctámbulo que prefirió desvelo. Me odiaría cada que lo despertaba a las seis de la mañana. Platos y vasos eran lanzados como proyectiles sobre el uniforme que yo debí vestir. Su frente perdió cejas y pestañas que fueron desvanecidas a tirones, como venganza.

La perra bribona fue una protuberancia que se me formó al no poder ayudarle. El cansancio cayó entre nosotros. Enumeraba entre sueños las veces que le ardió eyacular. Fue puesto en coma para que yo durmiera. Amenazaron con echarnos si no se callaba —aún inconsciente seguía farfullando necedades—. Sus alucinaciones terminaron con una mordaza llena de sangre. Exigía agua pura, última voluntad imposible. Aproveché el licuado con sabor a madera que le acercaron. Pensó que era veneno para liquidarlo. Tuvo razón. Llamaron del trabajo. Querían borrar su carnet-retina.

Brazo robótico estará rebanándole la cabeza, ardua pesquisa, solo atribuible al mundo civilizado. Quería morir en casa para llevarse consigo a toda una colonia de obreros, acostumbrados a no dormir, a no comer. Su voluntad era volverse polvo. La palabra incineración resoplaba en desayunos, cuando mi nombre, en su voz, se volvía perra bribona. No tengo dinero para cumplir tal designio. Si falto al trabajo alguien se apropiará de mis horas. Resolveré quemarlo de madrugada. Para nuestro duelo necesito precipitar el día que le conocí. Era un jovenzuelo fútil, de ojo lúcido. Sus manos largas, arabescas, revoloteaban por el aire al explicar la caída de estrellas con un partido de soccer. Hablaba mal del que se enamoró de él. La ira en su pensamiento hizo que la idea del otro se fuera despavorida. Supe de ese hombre por sus imaginaciones: tez blanca, cristalina, portador de una levita oscura, nariz aguileña, cabello ondulado que se escurría hasta la boca por donde salieron vellos y moco.

Estuve a su lado antes de perder mi virginidad. Él bailaba con un tarro de Vodka. Alguien lo llamó "rústico homosexual". Tomaría al ofensor, que estudiaba bachillerato en ciencias, gordinflón, con barba embrionaria, de la solapa, para darle sendas cachetadas, que arrojaron sobre la pista de baile dientes y sangre. Muelas desportilladas se incrustaron en suelas resbalosas. Una defensora núbil, de minifalda y top, intentó serenarlo, pero el afamado batiente, que aplicaba sus tardes en golpear costal de box, preparación ante la llegada irremediable del fin del mundo, le daría tal empellón que la derribó. Todavía aturdida, le volvió a llamar homosexual. Lo tomé de una nalga antes de que me exigiera correr despavorida. Sentí rumor de alguien, por el comunicador lleno de estática, que alertaba huida: << ¡Puto, padrote, agárrenlos! >>.

De noche, mientras él soñaba, imaginaría los cincuenta, donde su abuelo, frecuentó, sin un quinto, cabarés, mambo, bailes eróticos, ceja depilada, pantalones hasta el cuello, falda a la rodilla. Idolatraba al vejestorio, ese que le permitió... Su capacidad de invención crearía eventos insólitos. La peste traída por mosquitos lo dejó tieso en su apartamento. Entre náuseas y alucinaciones pidió ayuda del "fatídico e imaginario personaje". Vocearía su nombre semanas enteras. Arqueado desde el cuello hasta el coxis sangraba como un cerdo en el matadero. Ocupé una silla hospitalaria, que volvió a mi espalda nudo. Lumbares penetraron en mi carne. Aquél, agonizante, gemía invenciones que no se detuvieron a pesar de su letargo. Puse extrema atención. Alba se mezclaba con ideas que fueron desmentidas por él mismo:

Escupió el iris azul por sus ojos. Les había maltratado con maratónicas lecturas. Al final los tallaba como si fueran piquetes de zancudos. Fue enano petulante, beneficiario de una empresa de vinos apócrifos con etiquetas pequeñas. Escribía maldiciones a propósito, con sus irritadas botas, en el piso que la criada limpiaba con sosa cáustica. Su irritada voz inflamando las venas de su calva era precedente del desastre. A ella, ama de casa, la asaltaba delante de todos para mostrar su poder. Gritos estremecedores vibraron sin escucha hasta que la víctima decidió resistir. Puesto el seguro en puerta, conjeturaba que él, al verse repelido, iría a cierto burdel para saciar su apetito. Insaciable, llamaría al cerrajero, íntimo suyo, para que, con esmero, abriera una vulgar puerta, cuyo relieve presentaba sol y luna amándose. Fue arrastrada escaleras arriba. Sintió potente acero, tubo de cobre, royéndole las entrañas. No descansaría hasta casi matarla. Le dibujó una L y una A en la espalda con navaja puntiaguda, higienizada por el encendedor que la hizo vibrar hasta casi torcerle.

Alba fue sombra que teñiría los más irrelevantes hechos de su vida. Perdió meses enteros, mientras tomábamos clases de inglés, al buscar su nombre en el libro de trabajo. Intentaba esconderse tras gafas cristalinas. Sus ojos negros vigilaron el retorno del director del Liceo o de compañeros que visitaban sanitarios. Pegado a la vidriera miraría entrada o salida de autos. Olvidó piernas suculentas de adolescentes, que deseosas de sexo, familiarizarían su andar con miradas indiscretas que acariciaban pantorrillas regordetas. Entorpeció cualquier amor, al que consideraría en todas sus formas debilidad. Fue capaz de arruinar la belleza. Su corazón latiendo en la yugular quería huir de cualquier cuerpo femenino. Entonces vio mis labios voluptuosos de pura sangre. Su mueca de hastío cambió por una de admiración y deseo.

Tenía alma insatisfecha que domesticaba con temblores o ahogos. El producto de sus alucinaciones fue Lisandro. Este personaje se filtraba en las grabaciones pornográficas que veía de madrugada. Nínfulas penetradas por inmensos miembros tenían la cara de Alba. Gritos de goce-dolor poseyeron el acento de Lisandro. Su barba indiscreta, manchada de leche y saliva, era estirada por desdicha ajena. Se desvanecía hasta palpar teclado infrarrojo, en donde sus manos temblorosas escribieron la próxima escena: *rape*. Creía que la violencia liberaba a la víctima. Nunca se dio cuenta de mis indiscreciones tras la puerta. Hubiera reducido masturbaciones grotescas a soliloquios del arte por el arte. Jamás tuvo el valor de espiar mujeres y ejecutarlas, cosa tan común en aquella época. Acecharlas tras el escaparate de alguna tienda o sentir la delicia de cierta fémina al verse perdida, sabiendo que un extraño arrancaría sus ropas y disfrutaría de eso que guardó para "el indicado", eran cosas imposibles para él. Muy profundamente nos odiaba. Quería pertenecer a esa casta de "iniciados" que filmaron cabezas decapitadas con penes en la boca. Se conformó con videos caseros pésimamente editados de obreras violadas multitudinariamente.

Nos instalamos en una casa pequeña, de alquiler, donde pulía la obsesión de Alba: imagen vívida de lo no-muerto. Atribuyó el cataclismo de su familia a un ser al que ridículamente llamaba *padre*. Desde la llegada de aquél su vida decaía. Lo describió imposible: delgado, enteco, gordo, obligado a utilizar tirantes para tolerar su prominente barriga y sostener los huesos apretujados por el cinturón. Intenté no reírme ante el cambio repetitivo de fisionomía. Después de hacer el amor la maldición de sus ancestros convertía su alucinación en sacerdote o viticultor. Cuando llegaba del trabajo, maloliente, con ternera deshebrada entre colmillos y trataba de tomarme por "detrás", ante mi negativa, empezaría a despotricar. Ahora, el magnífico personaje era culpable de asesinato; abuelo y padre yacían bajo tierra, debido al efluvio de ese, que les acechó, emponzoñando a uno y conminando al suicidio a otro.

Lo apretujaron en ataúd de cartón. Al embalsamarlo con cera sintética que alisó facciones y arrugas, parecía muñeco eterno, como si la vida jamás hubiese llegado a su piel. Para cerciorarme que existió le abro la boca por última vez. Esos dientes amarillentos con sabor de animal quemado que proferían sus besos ahora son blancos y huelen a agua oxigenada. Un resabio alcohólico en los labios recién abrillantados prevalece. Su entrepierna está inerte. Lo que estuvo dentro de mí es trozo de cartílago momificado. Entre sus uñas quedaron boronas de arcilla. La tierra que trajo está maldita: entraron a casa, el motivo fue tierra para sembrar, veía dibujos animados; orejas de conejo y piernas de lobo danzaban enjundiosos por la música de *Beethoven*; lo golpearon; atado de manos y piernas, tirado en el piso, sintió el poder de una ametralladora en su estómago, que le gritaba: << ¡Ve, pendejo! >>. Despertaría ensangrentada.

Intento rezar acompañada de una cruz formada por mis dedos. Palabras divinas rumbo a María y Jesús se enturbian al evocarse. Tiemblo ante cada letanía. A mi lado algo inhumano yace. Espera a un horno para volverse ceniza, nadería, como antes que viviera. Cuando éramos niños a los muertos los pusieron bajo tierra. Las mortajas eran de lana oscura y cuero aterciopelado para consentir a los gusanos. Trato de recordar esas frases que rimaban. Letanías incompletas ocurren en mi cabeza. Casi en silencio, su mano fría, tiesa, está junto a la mía. Hablo para mí, al otro infinito. Vive en todas partes menos ahí. Sus ojos cerrados escurren una lágrima de sangre, imborrable a pesar del esmero de quien lo amortajó. Imaginan que está sentado mirando la *starttv*. No le importa su muerte. Existe sin necesidad del trabajo o de sexo.

Tarareaba un: "derrumb".... La última vocal se perdía al llegar de la fábrica. De su boca venosa emergieron diatribas: "deud, hor, extr". Mandó a su lengua cortar palabras para ahorrarse dinero. Quiso despedirse, pero hasta el aliento lo debía. Aquel queriéndose ir y yo llegando. Empacar carne de rata hizo que mis manos resecas lo alejaran. Mi voz errante lo confundió. La última noche lo sentí en mi espalda. Olía a sangre. Dijo que alguien lo golpeaba. Mi dolor de cabeza y náuseas hicieron que se enfureciera. Penetrarme fue su estrategia. Adoraba que pareciera muñeca inmóvil. Era su venganza. Cuando me vio en ocaso, que el trabajo modulaba mi ropa interior, prefirió cuerpos simulados en pantalla, aún femeninos, que, a uno real, decrépito. Imaginaba en mí a su esposa, a su familia.

Lo han puesto encima de una plancha fría, objetiva, distante, que entregará polvo como sobras. Viajará rumbo al horno solar de su tamaño. Abiertos están goznes de puerta de acero. La radiación lo calcinará. Cortina roja disimula su final: cuerpo torciéndose que intenta resistir. Han cerrado la portezuela. Sepultureros ultramodernos que visten de gala, cubierta su nariz y mentón por máscara antigás, lo empujan. Escucho su carne hervir. Olor a grasa recién libada se apropia del cuartucho. Impregna revistas de viajes con fotografías del nuevo sistema solar recién descubierto. Un chip acelerado a dos cuartos de la velocidad luz, mandó evidencia de dos estrellas danzantes, propietarias de un cúmulo de planetas que arden de día y se congelan de noche. Ante tal hallazgo el fracaso. Leyenda acompaña la imagen: sin vida. Millones de dólares se gastaron cuando éramos niños, antes de las criptomonedas, que probarían soledad. Al dar la vuelta a la hoja el aroma se vuelve floral. Él ya no existe. Opúsculos e interpretaciones afirman que el lunático, atajado en *Jerusalén*, natural de las calles, difusor en lengua conocida de extraños saberes, parecidos a los que ocurrieron milenios atrás, no se debe al manicomio, ni a nuevas manías, es el profeta.

Música suave de fondo atenúa tiempo y podredumbre de minutos escurridos. Busco lágrimas que enrojezcan mi vista indiferente, hábitat de objetos contradictorios: sofás, mesa de centro, horno, lápiz reciclado, papel de cáñamo, café de soya, leche de cucaracha... Alguien viene. Sus piernas regordetas escoltan bata de plástico. En su regazo está la misteriosa urna, el resumen de eso. Sonríe. Intenta asentar en mis manos lo que porta. Sobre el techo hay nubes, efluvios de luz amarilla y humo mal expulsado por la chimenea. Pide que salga. Hubo un problema. Camino tras ella. Empieza a dudar que hable su idioma. No me entiende. Debe cordialidad y guarda silencio. Se calla, tolera mis palabras incompletas. Si me quejo habrá una vacante, la suya. Ella no quiere visitar la oficina de empleo. Toma mi mano, es como si volviese a sentir que hay seres vivos.

Desdijo última voluntad. Reñía ante tal inquisición. Sus cejas peladas, fruncidas al escuchar crónicas de testamentos, elogiaron la importancia del cuerpo inanimado, consumiéndose sin tiempo. Volver a la tierra, alimentarla después de todo el daño ocasionado era lo menos que podía desear: << Gozoso doy la vida por ella >>, rezaban sus labios gruesos, que se jactaron de hacer felaciones mejores que las mías. Dudó de la trascendencia. No estaba seguro de que el ego fuese capaz de una existencia sin materia. Lo descubrió viendo *snuff* o mientras reventaron sus vísceras. Ayer hablaba de su padre, quien, tras la muerte, huiría por una alcantarilla exigiendo cobijo de Alba. Se fue en silencio, penetrado por tubos de plástico que lo exprimieron hasta dejarlo como hueso, sin articulaciones. Quiso una bicicleta, pero las rodillas ardían al menor pedaleo. Tampoco pudo nadar. Adoraba el ejercicio, su cuerpo ya no respondía.

En mi bolsa he metido otra, sin forro ni plástico, de papel reciclado, donde una etiqueta subraya el nombre de las cenizas. Me dijo que lo esparciera en el jardín, que, alrededor de un pozo, se extiende entre pasillos helados, a cuya vera, moran habitaciones convertidas en distrito de estudio: teja y sillas tapizadas de piel, sin más tecnología que un foco. El lugar tiene nombre. Imaginarme la furia que sentirían esas cenizas al advertir dedos enflaquecidos que odiaba… Le ofreceré un té de hoja de cáñamo, tras explicarle su muerte. Espero su partida sin tardanza: conversación sobre la infancia del muerto, disculpas, aclaraciones, fantasías irrelevantes. Recomendaré algún museo, el del auto será buena opción, o del licor, ahí guardan las últimas barricas producidas por esa raza de hombres extinta…

Aguarda, grotescamente, interrumpe con su delgada mano la puerta. Se detiene por bastón roído (termitas) que acompañan pantalones largos, forro de calzar y tacones casi lustrados. Pecho escuálido infla chaleco y saco. Viste ropas que hacen de su cuerpo un esqueleto cubierto por tela. Con escasa graduación debido a la pobreza, intentan, anteojos bifocales, sombreados por sombrero homburg, atisbar mi forma. Está casi ciego. Le tiemblan los labios. Tarda en hallar palabras. Mi idioma le es distante. Grito en su oído que hablo el suyo. Exige mi hombro para caminar hasta la sala. Lo invito a un sillón. Él se niega. Las lumbares le impiden acomodarse en cualquier asiento blando. De mis brazos surge vaso con agua reciclada, de color amarillento. Pide café, le digo que ya no existe. Sonríe. Fallan palabras. Es tan viejo. ¿Cómo pudo viajar en tales condiciones? ¿Sufrió, con ayuda de transanalgésicos, el asiento del avión? ¿Quién lo estacionó frente a la casa? En el pasado, sin duda, era políglota. Ahora su voz incompleta, resistiéndose al incómodo silencio, transforma *spanglish* en pronunciación rudimentaria, afrancesada. Un pañuelo limpia borbotones de saliva que brotan de labios pequeños, semejantes a dos líneas trazadas por bicolor azul y rojo.

Derivo una taza de té-cáñamo hasta sus manos. Palabras triviales, que intentan regular el clima de la sala sin calefacción, convirtiéndose en rechinidos, oscurecen el mutuo entendimiento. Quiero hablarle del muerto, su amigo, pero intuyo síncope, otra muerte, hasta que extrae, tembloroso, el pasaporte. Sobre la mesa veo una foto antigua, marcada con ese año donde muchos fueron libados en honor a la matanza. Lo escucho. Me cuesta la conversación. Ha transformado su voz hacia un español coloquial, lleno de vulgaridades. Se siente cómodo. Entonces comprendo. Mientras el té hidrata una garganta que probó alguna vez agua pura, del subsuelo, propone que lo lleve al Camposanto, hogar de su entrañable, al que en ningún sentido esperaba hallar con vida. Me acerco hasta ver sus ojos enyesados por cataratas. Digo frases memorizadas, que no olvidaría, de un idioma juvenil, inexistente. Las manos al palpar el cofre de cenizas perciben el relieve de una cruz mal tallada, que se desmorona entre sus uñas largas: << ¡Jamáis *wanted*! *Did not,* maudit? >>.

Ojos empequeñecidos, contorneados por arrugas, volvieron a su rostro una empuñadura. Habló del viaje: extraña gripe, extinta en el mundo civilizado, azotaba más allá de la frontera; hervían mamíferos al explotarles la cabeza; cuerpos decapitados poblaron caminos, mientras, "nadie", esa masa amorfa llamada "estado", fumigaría territorios desérticos, donde, incluso, el mosquito no pudo sobrevivir; lluvia ácida, corroyó la ropa: madrugadas gélidas y atardeceres calurosos; hombres trocados en autómatas portaban infección bajo camisas sin mangas; agua emponzoñada por mal que vino de África secó la selva y cientos de especies. Cuando abrió los ojos carraspearía peculiaridades de un pueblo destruido. Había cojos y mancos por todas partes. Los hospitales eran bases de ruinas de extinta milicia. Bandoleros fecundaban por fuerza a adolescentes que parecían ancianas. Paramilitares rapaces vendieron una noche de seguridad a cambio de mazorcas de maíz. Hubo gente que aprendió a alimentarse del plástico.

Lo invito a... Siento lástima. Tan viejo, acabándose, con uñas largas y menguado entendimiento, algo oculta. Nadie puede traspasar la frontera sin consecuencias: se escurren por un enorme muro que ahuyenta coyotes famélicos; hay hombres que surfean dunas al utilizar esqueletos como bicicletas. ¿Cómo pudo conservar el sombrero tipo *homburg*? Había escuchado de su obsesión por prendas antiquísimas. Dice que pensaba morirse antes, entre cegadores del cordón de plata. No entiendo su mitología. Es una mezcla de helenismo y postura cristiana. Confunde licor de mango, cultivado décadas atrás, con agua reciclada. Su edad: setenta años. Lo imaginaba más viejo. Según oí, pertenecía a la familia Escudero. Llegó con Alba. Ambos huyeron de una enfermedad contagiosa.

<<Pasa diferente en donde nacimos. Arrugas en vez de tierra convierten al hombre en bagazo.>>. Lo veo y regresa una mirada de sorpresa. Sabe que acompañará al muerto. Respira en silencio. Está acostumbrado a que sus pulmones absorban suciedad. Limpia su nariz, tan seca, que un pañuelo de tela roja, impecable, exprime más polvo. ¿Hace cuánto tiempo que no bebe agua? Vasos llenos desfilan por su garganta que tose exigiendo: <<Poco más, uno más>> de licor de mango, como él dice. Le pregunto sobre la infancia de esas cenizas que no ha soltado. Muerde el vaso. Resuena vidriosa su melodramática voz: lo rescató: vivía mundo

alucinante: rumores se fusionaban con mente infantil: que miró en cualquiera: la sombra de su madre: mujer enloquecida: obsesionada: fuga, hasta esconderse en casa del abuelo: padre de la desastrosa matriarca: quien perseguía al marido tildándolo de impotente: temblaba de pies a cabeza: gritaba: ¡Vampiro!: dormía con él: por las madrugadas, era sonámbulo, alzado entre cobijas: rezó Ave María: Padre Nuestro: oraciones que olvidaba al levantarse: cuando se hizo grande vivió en una biblioteca: resistió estoicamente cachetadas que su madre le atizaba en la nariz: deformándola a tal grado que parecía un globo enrojecido: famoso por su andar intentaba autores que escondió tras abrigo mental: nadie supo qué leyó: su influencia fue notoria: la ataría a una silla rociándole de licor: esperanzado a una flama imposible: propiedad de mano convulsa adolescente y de un cerrillo entre sus dedos que metió en la boca infame: rupestre armonía indicadora de su destino: cultivar barricas de licor o matricidio.

Desembrolló una especie de cobija raída desde su maleta, talismán que le permitía dormir. Su olor a aceite quemado le tranquilizaba. Parecía antigua piel sin color, como de cuero de hombre eternamente usada y transparente. Al cerrar los ojos sus pupilas quedaron latiendo. El pantalón se le corrió hasta la línea de rodilla. Un moretón rancio que terminaba en el collar de una bota parchada ocultó tibia y peroné. Ronquidos subterráneos parafrasearon su situación: sin dinero, por un corredor infernal, de codicia, frontera-lujuria, desierto, pensó que llegaría a tiempo.

Predice ser lujoso caballero, vestido a la antigua usanza, con ropa de seda. Entonces recordé a su fraterno. Olvidaba las cosas: se le perdían las llaves, el *startphone*, un zapato; en silencio, explicaría, o quizá no: filmes desteñidos, blanco y negro, reflejándose en el techo, eran el consuelo tradicional de otra realidad; sábados que jamás se permitió laborar los erosionaba durmiendo hasta el mediodía, hora proclive a un refrigerio, sexo embrutecido; galanteo, caricias otrora juveniles, se redujeron a un dedo índice penetrándome; encima de mí, reloj en mano, contaba segundos, antes de volver a quedarse dormido.

Algo pasó en el mundo que sólo Eurasia vive en total oscuridad. Para nosotros el sol brilla siempre. Entra por la ventana, con tan poca indulgencia, que el bloqueador solar es necesario adentro de las casas. La espiradora inteligente, el excusado ecológico, están requemados como en los sueños en donde hallo un oasis y pruebo nuevamente agua dulce. La visitante grita correctivos, lamentaciones de una gramática perdida. Después encuentran al silencio profundo.

Ya no ronca. Su boca abierta y pecho casi inmóvil son de un tono cobrizo, moribundo. ¿A qué vino? Tendremos menos comida, el purificador necesita *software* (se agotó por radiación). Improvisaré con pañuelos. Una palabra: << Bicicleta >>, vuelve a roerme. Estaba tan herido que jamás pudo subirse al: << Objeto metálico de dos ruedas >>. La cojera de la pierna izquierda, producto de una golpiza, jamás sanó. Escuché rumores: aterriza en un bar, rodeado de amigos del trabajo, paga con *tripcoins*, se hace de palabras, lo toman por el cuello y una mujer, con la que coqueteaba, le hunde el tacón en su rodilla. Llegó adolorido, criticaba: derechos, alienación del cariño; jamás ocultó el aburrimiento que yo le infería; gustaba del viaje, acechanzas sobre féminas que "aún se arreglan"; vivía conmigo porque no quería comprometerse más de una vez; halló a la poligamia institucionalizada, banal y desgastante; prefería vigilancia nocturna, en bares, donde conoció viudas, adolescentes, que entendieron lo irrelevante del sexo, alimentándolo, igual que la cena, encima de una mesa, entre bebidas derramadas o luces estratosféricas, de aurora, que arroparían esos tallos desnudos, prestos a despedirse sin más compromiso que un vago recuerdo; yo era como el licuado nutritivo e insaboro que se prueba sin degustar; ellas, salmón asado, extinto, sobre un plato lívido, acompañado de papas horneadas, también extintas y hojas de lechuga aderezándole…

Con el hastío llega la memoria de... Recuerdo que los velaron en casa. Suntuosas flores que despedían olor a jazmín invadieron una extraña cámara, rodeada de terciopelo. Quinqués azuzaban facciones tristes de vigilantes, con sombrero y rebozo, pegados al frío reflejado en las paredes. Morían en invierno. El Dios que recoge las almas impulsaba carroza de hielo, vestido de azul, para devorar al féretro y colgarlo en sus entrañas:

Zapatos sin lustrar y corbatas oscuras miraron su preciada víctima. De cera, encorvada, la nariz aguileña olisquearía al cojo, que perdió la pierna entera, vanagloriándose de un muñón por debajo de la rodilla, fabricado en el quirófano, mientras lo adormecían con brebajes, producto de la balacera, donde intentaron quitarle ese antiguo *BMW* que tanto adoraba. Los asaltantes, en el anfiteatro, eran evidencia del costo de su extremidad, que colgaba del brazo de un cadáver sin musculatura. Valentín Rodríguez escucharía al lisiado. Rascaba el tanque de oxígeno cargado en la espalda. Sus rodillas chirriaban de frío cuando una pareja de samaritanos, vestidos con gabán y bufanda, lo encaminaron rumbo al muerto.

Comida que resume agua, ranciedad. Medio vaso de leche de cucaracha y pan de cebada sintética, ocupan, bien distribuidos, el relieve de dos platos. Espero al invitado. Tarda en enderezarse. Cobijo y agua quitaron su letargo. Pasos que se acercan débiles, escurriéndose en el piso, utilizan de base una huesuda mano que clava uñas en la pared. Le veo rehidratado. Arrugas empiezan a difuminarse. Pide permiso. Se sienta. Devora, con hambre voraz, migajas de mi plato. Su lengua descarnada recorre gotas lácteas del fondo del vaso. Pongo música. Le parece entretenida: universo *indie* brota desde mi *Startphone.* Aunque vivió en otro tiempo, evoca, lo sé, una esfera olvidada, que la memoria tarda en acercar, donde pensábamos en ir a Marte y colocar un chip acelerado, casi, a la velocidad de la luz en *Alfa Centauri.* Aparecen insectos moribundos, pegados en las ventanas. La lluvia acarrearía sus cuerpos rumbo a la tierra, si fuera otro tiempo, para renacer, convertidos en mariposa.

En sus bolsillos hay un gotero vacío que acerca a sus ojos para engañarlos. Gotas ficticias caen sobre cataratas que devoraron la retina. Se quita pantalón, camisa, espera hallar monedas, créditos. Necesita algo sin decirlo. Sabe o intuyó la pobreza de su "amigo". Pregunta, "si me ve", por el desalojo. Trato de serenarle, hablo del dinero de un préstamo que debería pagar el muerto: << No creo que le importe, ¿verdad? >>. Sonríe, incrédulo. Lo invitaría a recorrer ese pasto seco, amarillo, que reverdece de madrugada y muere, eternamente, pero temo que sus piernas, de hueso fatuo, se rompan. Está enfermo. Tiene ojos iguales al pasto y su delgadez no ha podido vencerse. Receloso, toma un berro deshidratado en conserva. Crujen en sus dientes sal y savia, convirtiéndose, los trozos, en tintura verde que mancha su lengua. Bebió también el último sorbo de leche antes que sobreviniera el apagón. Sin luz, guiados por ese bendito sepia que hace brillar todo, salimos, para olvidar la casa arrendada y unas cenizas que se perdieron en el cesto de ropa.

Arrastra el pie izquierdo con muecas de dolor. El bastón que se apropia del concreto al tallarlo, sirve poco. Golpea patas, sillas y filos de mesas en un parque oxidado. Casi no hay sombra y sus ojos vuelven la realidad borrosa. Pulgares manchados por el polvo evidencian un mundo oliva. No puede estar quieto. Habla de golpizas: lo arrastraron de la solapa cuando era joven, para liberarlo de cartera y zapatos. La punta de una bota penetró su espalda baja hasta que perdió la conciencia. Trataron de enmendarlo. Se negó a cirugía. Le recetaban transanalgésicos, medidas paliativas. Lo ha perdido todo. El pastillero, objeto minúsculo que representa la envoltura de cigarro, ahora es recuerdo. Debe sentarse de otra manera. Le arde la espalda de mañana, cuando despierta. El dolor se apaga, avivándose en la noche. Ha dormido parado.

Estrábigo, guiado por mi sombra, olvidará pronto que tuvo la facultad de ver. Su mundo como la memoria perderá importancia. A penas recuerda llamarse Escudero. Tal apellido viene de una familia lejana, que vivió hasta que su riqueza "imaginaria", tierras de cultivo y negocio de licores, como la del mundo entero, se fue al demonio. Pidió limosna. Lo he escuchado, cuando su cordura llega para desdecir sus ojos que miran un tiempo invisible. Se metió al país a empellones, durante la revuelta. Fue confundido como un vago cualquiera, de esos mercenarios que se pegan a la basura. Espiaría, igual que ventajosa ave de rapiña, a que su fraterno, vivo aún, expirara. Habitaba extinto minarete, trocado en residencia de cadáveres, aves que buscaron cobijo en una ciudad casi desaparecida. Contestaría mi llamada disfrazado. Escondió sed y hambre. Debí utilizar un antiguo teléfono para escucharlo. Aún lo tiene. Es una de su propiedades a la que llama bicicleta.

Nos internamos en un campo yermo, manchado por agujeros que escarbaron durante la hambruna, quienes venían del sur, hasta convertir mujeres en guisos y *receptáculos de semen*. El agua difuminaba confines de lo vivo y lo muerto. Cavarían agujeros de gas natural. Los árboles fueron exterminados. Raíces sin exprimir eran bebidas por lunáticos. Buscaron el sabor del petróleo convertido en su imaginación en agua potable. Tendidos sobre agujeros se metían arena seca, traída por el mar, por gargantas de cemento.

Visitamos el antiguo jardín de cipreses. Ramas secas dejan fluir aceite. Ya no puede seguir. Se toma la espalda. Me detengo y le pido velocidad: trabajo de noche, empacando huesos crujientes de rata, mezclados con insectos, para fingir salchichas, cuya leyenda, dice: "surtido de carne". Pide volver, está acostumbrado al ayuno y no a una un fábrica donde los de piel chamuscada son tratados como perros callejeros.

Lo único que permanece de Alba, ese magnífico ser que dominó familias enteras, cuando existían, que laboraba de lo venido en gana, es la memoria del costal de huesos que me escolta. Ha ocultado su nombre entre sus músculos faciales que se volvieron cera. Tiesos, mantienen semblante otrora joven, melifluo. Escuché, de la boca del muerto que tuvo una mujer, pena rasposa entre masculino y femenino, emisora infinita de cariño. La conoció en la escuela. Difícil es imaginar el excedente de aquel tiempo. Enloquecido, la transigía, ante reticencia de ella. Vivieron juntos hasta que esa pierna coja, dolor imaginario, les separó. Se dedicaría a mimar un tejido de piel sano, abrigándole con ungüentos y pomadas, que, acompañados por analgésicos, luego considerados una afrenta contra riñones e hígado, redujeron su vida a una agonía.

Somos desconocidos, materia prima, importada del fin del mundo. Vine con él para encontrar serenidad. Queríamos alejarnos de una tierra convulsa, donde podrían hallarse, en la misma esquina, mosquitos, fiebre amarilla, cuerpos en venta, balas y al vendedor de seguros. Hicimos un pacto: trocar el destino de terribles ancestros. Cambiamos ropa holgada por telas ajustadas, cena apetecible, donde escasez, ausente, probaría cortes de carne tan suculentos, que, del hueso escurriendo grasa, emanarían perfumes, riqueza. Pero el cansancio, abrumadora malaria que enloquece, lo volvió distante, nervioso, preocupado por… taquicardia y derrame ocular. Sospechaba hipertensión. No comía, aunque su paladar lo exigiera. Temió defectos en el habla, hasta que la volvieron imposible: murmullos, observaciones irrelevantes rotas sólo en sueño, cuando eructaba frases de hastío. A nadie le importaba eso que éramos. No les importó.

Regresa el dolor. Mi nuca hirviendo, como si gases, combustión invisible, tras el cabello, presionaran mi cráneo. Atestiguo el reflejo fluorecente de ventanas y luces encendidas. Lo inevitable permanece. Veo mi *startphone* y la llave cruzada por un rosa nebuloso marca el arrendamiento pendiente. Ni siquiera consigo acercarme. Perímetro láser, capaz de rebanar acero, evita que pongamos cualquier mísero zapato cerca de la banqueta. Mi acompañante necesita descanso. Se acomoda sobre nuestras pertenencias que dormitan en un contenedor; son escuetas, reducidas a la memoria borrosa, de cuando, el bisoño, todavía no-muerto, colectaba hojas de periódico, extraídas de la basura, para decolorarlas y pintar cejas, bigote de famosos, según el color de la pluma disponible: amarillo o violeta. Escucho en mi cabeza tenue reverberación de piano y violoncelo: tuvimos un lugar para vivir, después de muchos años, costeado desde la fábrica… Por accidente digo el nombre. Sus ojos parecen verme. Liberado ya del bastón, se escurre, fortalecido. Gruñe que Alba existe. Brotan cenizas de entre su levita, descargadas sobre mi cabeza. Es un bautismo victorioso, oda al recién extinto Lisandro Alba, quien no podía morir: *el gran alquimista selló la mirada de nosotros en los otros…*